# TIEMPO
# AL
# TIEMPO

*Isaac Goldemberg*

# TIEMPO AL TIEMPO

Primera edición, Ediciones del Norte, 1984

Diseño: M. Elizabeth Adams/Intermedia

Copyright ©Isaac Goldemberg

> ©Ediciones del Norte
> P.O. Box A130
> Hanover
> N.H. 03755

ISBN: 0-910061-18-1

*Te dedico mi novela, Lector Salteado; me agradecerás una sensación nueva: el leer seguido. Al contrario, el lector seguido tendrá la sensación de una nueva manera de saltear: la de seguir al autor que salta.*

Macedonio Fernández

*A mis hijos, David y Dina : siempre*

# PRIMER TIEMPO

*A Marquitos Karushansky Avila le llovieron de golpe y porrazo cincomilsetecientos trece años de judaísmo. A los ocho años, ni bien llegado a Lima, lecciones de hebreo y de historia judía en el León Pinelo; a los doce el "bris"; a los trece, ya flamante cadete del Colegio Militar Leoncio Prado, la "bar mitzvah". "Bris" era una palabrita sacada del hebreo que los judíos de Lima solían emplear para no decir circuncisión. Les sabía rara la palabra circuncisión en la boca, se mordían la punta de la lengua, como que escupían. "Nunca decir circuncisión, palabra cogggecta es bris; circuncisión se viene del latín circumcidere, o sea gggecortar en gggedondo, y no lleva carga histórica ninguna. En cambio, bris, que significa alianza, es en la Biblia desde tiempos nueistro padre Abruhem, cuando selló pacto con Adonai". Eso se lo dijo el rabino Goldstein con su barba de sauce llorón. Claro que Adonai también era una palabra de reciente adquisición. Estaba prohibidísimo decir Dios, como que sonaba cholifacio. Y había que verlo jurar: ¡Jai Adonai por aquí y Jai Adonai por allá!, ¡chajuí, chajuá, Pinelo, Pinelo, ra, ra, ra! Primero tienes que jurar que no se lo vas a decir a nadie. ¡Por Dios que me alumbra! ¿Cómo? ¡Por Dios! No, así no vale; anda, jura de a deveras. ¡Jai Adonai! Eres un palero, a ver jura que es cierto. ¡Jai Adonai! ¡Jura que no te robaste el lapicero! ¡Jai Adonai! Marcos se fue acostumbrando a la palabra, así era como no jurar, disfrutaba de lo lindo.*

*La circuncisión, mejor dicho el bris de Marquitos Karushansky coincidió con el estreno de "Los Diez Mandamientos" en el Cine Tacna. Y para más coincidencia aún, el consultorio del doctor Berkowitz, donde se llevó a cabo la operación, quedaba a sólo treinta metros del cinema. A Marcos lo operaron por la tarde, entre cinco y siete más o menos y la función empezaba a las ocho. El y su padre se perdieron el estreno. Lo más doloroso, según el viejo Karushansky, era no poder ver la película con toda la comunidad judía de Lima. La tuvieron que ver cuatro o cinco días más tarde, sentados entre peruanos, no era lo mismo, como que faltaba ambiente, qué sabían esos cholos lo que era la Biblia.*

*Y todo comenzó con el patriarcal anuncio de su padre: "El año próximo estás listo por la bar mitzvah, pero antes sea necesario hacerte la bris". Marcos recordaba el desvío de sus ojos hacia el vidrio empañado de la ventana y luego su voz entre burlona y consoladora, que no se preocupara, que al judío Jesús también le habían cortado el prepucio.*

*Se aparecieron un día por el consultorio del*

de Israel, doctor Jaim Weizmann: Se llevó a cabo el acto Brit-

doctor Berkowitz y éste, bien frío y bien pecoso, le explicó: "El bris es una intervención sumamente sencilla. Todo consiste en cortar el prepucio, es decir, la extremidad de la piel que, al envolver el pene, recubre el glande. El aseo del glande se hace mucho más fácil de esta manera. No se forma un depósito sebáceo a su alrededor, lo cual reduce el riesgo de muchas infecciones peligrosas". Marcos no entendió ni jota, pero al día siguiente regresó con su padre al consultorio, ya se había ido la enfermera, los recibió un silencio sabatino en casa de judíos ortodoxos. Sin darse cuenta Marcos ya estaba boca arriba sobre una camilla de operaciones. Junto a la camilla estaba el doctor Berkowitz sosteniendo en ristre un bisturí, y su padre, el rostro sudoroso, contraído en gesto de dolor y asco, tendido de bruces sobre el pecho del muchacho, sujetándole los brazos, el cuerpo rechoncho de papá sobre su cuerpo, ¿le pediría más tarde un masaje con alcohol alcanforado? Todas las noches al acostarse se iniciaba el rito del masaje y Marcos lo frotaba con furia, como si quisiera abrirle rendijas en la piel, como si intentara desangrar ese cuerpo pesado de cabeza ovalada. Le pasaba la palma de la mano por la curvatura del cuello, corto y grueso, trepaba la empinada cuesta de los hombros, sembrados de pelos enmarañados como los de un oso derrengado, ya sin un ápice de nobleza en su figura, emitiendo sordos mugidos, murmullos de necesidad satisfecha.

Tenía el pene anestesiado, pero no lo bastante como para matar el dolor que le producían las *pinzas al prendérsele obsesivamente en la piel. Entonces el médico —mientras le advertía que no debía fingir porque demasiada anestesia podía paralizarlo de por vida— alzó la aguja a la altura de los ojos para cerciorarse de que tenía en la jeringa la cantidad adecuada. Todo el cuerpo se le estremeció cuando la aguja se le incrustó en el glande. Su padre le dejó caer todo su peso sobre el pecho y Marcos sintió sobre los labios y el mentón la dureza de su barba empapada por el sudor y las lágrimas. Ahora el pene lo sentía como una masa fofa, un hongo esponjoso, un organismo con vida propia capaz de desprenderse de un tirón y resbalársele por la piel buscando acceso al interior de su cuerpo; o capaz de disolverse dejándole en el pubis un humor hediondo y gelatinoso. Sabía que ya tenía el pene al descubierto y trataba de imaginar su nueva forma desencapuchada comparándola con la imagen que guardaba del miembro de su padre, evocando su extrema blancura, la perfecta distribución de sus partes, la cresta escarlata donde remataba inofensiva la cabeza de iguana adormilada, con un solo ojo vertical y ciego. Tenía ganas de examinarse el falo, sostenerlo por encima de los ojos como a una flor, extasiarse con el cáliz color rosa recogido en torno al cuello, sopesarlo, devolverle a fuerza de tibias caricias su familiaridad extraviada. Podía sentir la presión de los pequeños alicates sobre el prepucio: los imaginó cual bestiecillas de dentadas fauces, ojos vidriosos y dorso cubierto de escamas metálicas. Al mismo tiempo sentía que el peso inerme de su padre* era una acusación, un cúmulo de injurias silenciadas. Pensaba que cuando volviera al colegio ya no tendría que esconderse de sus compañeros cuando iba al baño. Ahora podría orinar con toda la tranquilidad del mundo, se sacaría la pinga con descaro, se la sacudiría despacito, se la exprimiría bien conchudo apretando bien fuerte con los dedos y luego se volvería desafiante para mostrársela a los otros, a todos sus compañeros del León Pinelo, con orgullo, a ver quién se atreve ahora a decirme que yo no soy judío.

El médico los dejó solos en la parte trasera del consultorio: les dijo que volvería en media hora, había que esperar a que le pasase el efecto de la anestesia, y él vio que su padre asentía con un movimiento de cabeza. Luego el viejo comenzó a pasearse con las manos enlazadas detrás de la espalda: iba y venía de la cabecera a los pies de la camilla sin desviar la vista, sin flexionar las piernas, llevándolas lentamente hacia los lados, trazando con cada pierna un semicírculo en el aire antes de depositar el pie sobre las locetas. En la controlada rigidez de su cuerpo, en las estudiadas pausas que efectuaba después de cada media vuelta antes de reanudar la marcha, se dibujaban las formas coaguladas de la pesadumbre y la resignación. Pero Marcos ya estaba acostumbrado a los detalles de ese método que su padre venía empleando desde hacía dos años para distanciarse de él, para hacerle saber que en ese alejamiento pasajero que podía producirse inesperadamente en cualquier parte, se amontonaban todos sus silencios, proclamando su mala suerte y su desdicha. Si hubiese confiado en la posibilidad de adentrarse en el mundo de su padre, le habría pedido que se acercara a la camilla, le secara el sudor de la frente, lo tomara de la mano y le ayudara a despejar esa soledad, madeja que se le desenredaba interminable por el pecho. Pero estaba seguro de que el viejo le rehuiría la mirada, del mismo modo que cuando le pegaba ferozmente con el puño, para después, bien arrepentido, soltar a llorar como una desamparada Magdalena.

Tenía los sentidos embotados; creyó que su padre había envejecido: su barba había recogido un tono gris y un centenar de arrugas se le habían formado alrededor de los ojos. Trataba de pensar en su madre, pero no podía retener la solidez de su figura detrás de las pupilas. Cerraba los ojos y era deslizarse por un tobogán dando vueltas y vueltas sin parar. Lo único corpóreo era su padre, todos los objetos de la habitación se habían diluido, eran hebras de vapor circulando a su alrededor, y sólo la presencia de su padre impedía que también él se convirtiera en una substancia gaseosa y deforme.

No se movió cuando la voz del médico irrumpió multisonoramente en la habitación y le preguntaba si ya se sentía mejor. Sin despegar los párpados le respondió que sí con la cabeza y luego el doctor y su padre lo ayudaron a levantarse de la camilla. Seguía con los ojos cerrados, se tambaleaba como azotado por una ventisca y le pesaba su desnudez como una humillación. El roce de las manos enguantadas del médico sobre su miembro, el leve jaloneo de las hilachas que le afloraban por la piel

r en dirección de la tierra de Canaán. Cuando llega a ella se le

*debajo del glande lo llenaron de zozobra y sintió ganas de orinar. Adivinando el dolor que le produciría tal abandono se contuvo y, mientras el doctor le colocaba un suspensor acolchonado con varios retazos de gasa, tuvo la sensación de que se meaba por dentro. Se le contraía la vejiga y la orina, efectuando un recorrido inverso, se le desbocaba por los uréteres, era recogida por los túbulos renales, invadía como un torrente curvo los riñones y éstos la impulsaban burbujeante y sonora hacia la sangre. Se sentía roído por una quemazón, atravesado por el fino estilete de una llama excesivamente azul. La voz del médico lo devolvió a la realidad. Una sonrisa inesperada le iluminó la cara mientras se dirigía (ridículamente ceremonioso al extender la mano, bufonesco al efectuar el apretón) a su padre: "Mazaltov, señor Karushansky, felicitaciones, mazaltov...".*

*Las luces de la Avenida Tacna lo despertaron. Caminaron hasta la esquina y pasaron frente al Cine Tacna, cuya fachada había sido adornada con gigantescos carteles que mostraban varias escenas de la película: Charlton Heston, lampiño y vestido de guerrero egipcio, le daba un abrazo varonil a una princesa cintura de avispa; más a la derecha, Charlton Heston, barba y peluca, túnica y sandalias, aparecía sobre un morro brazos en cruz, como un mago abracadabra sepárense las aguas.*

*Mientras trataban de conseguir un taxi desde la esquina, Marcos recordó que hacía cuatro años había llegado a Lima con las primeras horas de la noche. Por entre el humo que brotaba uniforme del*

aparece Adonai y le dice: "A tu descendencia daré yo esta tierr *brasero donde se asaban olorosamente unos anticuchos, veía acercarse a su padre caminando sin prisa con las manos en los bolsillos a la agencia de transportes "El Chasqui", donde él y su madre lo estaban esperando. Entonces, como ahora, se habían detenido en una esquina, cargados de bultos y maletas, para conseguir un taxi. El miraba a su padre de reojo, sentado a su lado con las piernas cruzadas, los brazos severamente atravesados sobre el pecho. Por la ventanilla, más allá del perfil aguileño de su padre, podía ver los tranvías desplegándose pesadamente sobre el reflejo de los rieles; altos edificios surgían de improviso, ondulantes como los algarrobos de su pueblo y de repente, con la intensidad de un puño ante los ojos, el monumento a Jorge Chávez, delgada pirámide despegando como un avión lleno de luces en mitad de la noche, con tripulantes que eran gráciles y aladas estatuas de granito.*

*En el libro de texto de la escuela había visto láminas de la Plaza San Martín y de la Plaza de Armas y había pensado que Lima era una ciudad fantasma donde el tiempo se había detenido sin aviso, congelando los automóviles a medio correr, los transeúntes a medio andar, y él se divertía tejiendo enrevesadas historias en torno a esos personajes anónimos suspendidos en el aire como monigotes. También trataba de reconocer en esos hombres asombrerados y de ternos oscuros a su padre. Cuando se creía seguro de haberlo encontrado sentado en una banca leyendo el periódico o apareciendo medio rostro por el ángulo de una*

a". Abraham alza allí un altar y asienta su tienda : Ben Gurión

*esquina, corría a la cocina para enseñárselo a su madre. Y ella, sin jamás ocultar el asombro que le causaban las ocurrencias de su hijo, le decía siempre que no, acariciándole nerviosamente la cabeza, comprensiva en su sonrisa. Pero ahora, sentado a la diestra de su padre, ya no era necesario imaginárselo. La ciudad misma parecía haberse despertado de su ensueño para descubrirle jubilosamente nocturna el mundo de su padre. Y él, midiendo con todos los sentidos el curso de ese tiempo nuevo que revoloteaba a su alrededor cual juguetona mariposa, aceptaba ese mundo sin reservas, sin exigirle explicaciones de ninguna clase, como si por derecho hereditario hubiese sido desde siempre suyo.*

*El taxi se sumergió en la penumbra espejada y cálida de la Avenida Salaverry. Su padre seguía imperturbable, la cara recortada por el pálido reflejo de la ventanilla, ausente a los árboles que al retroceder se le introducían en bandadas por los ojos. A la derecha el Campo de Marte se extendía melancólico como un páramo, desaparecía por tramos tras algunas casas y volvía a aparecer somnoliento y brumoso. Marcos también estaba quieto, sin atreverse a mover la pierna dormida, intentando con la imaginación zafársela del cuerpo, detener el serpenteo de las burbujas que lo escalaban graves y sonoras hasta la ingle. Dejando huir el aire almacenado en los pulmones, se hundió levemente en el asiento, pensando ese viejo es mi padre, lo reconozco por el olor a moho de sus telas, huele a sucios cortinajes de sinagoga, a ter-*

renuncia a su puesto de Primer Ministro de Medinat Israel: E

*ciopelo viejo, a lana engarúada, a retazos apolillados de casimir y popelina que guarda en la trastienda; ahora mismo debe estar haciendo el inventario de fin de año, ya coloca los géneros sobre el mostrador, ya les pasa la mano por el lomo como un pastor acariciando amorosamente su rebaño; o quizás se esté repitiendo hasta el cansancio la frase que me soltó como un escupitajo esta mañana: "En unas horas vas ser por fin un de los nueistros, por fin un de los nueistros, por fin un...".*

En la ceñida curva que hizo el taxi al desembocar en la Avenida Mariátegui, el chasis pareció replegársele como un felino, e indeciso avanzó afónico calle abajo, entró por Pumacahua y se detuvo al final de la segunda cuadra, donde las casas morían atravesadas por la cerca —una hilera compacta de árboles y alambre— del Club Hípico. Su padre lo ayudó a salir del carro. Caminaron un corto trecho hasta la entrada de la quinta y se dirigieron en silencio hacia el departamento del fondo.

Ya en el dormitorio, su padre lo ayudó a desvestirse; se arrodilló para quitarle los zapatos y luego fue a colocarlos sobre la base de la perchera que, ataviada con el resto de las ropas, parecía un gracioso espantapájaros. Volvió a arrodillarse para ponerle los pantalones del piyama. Luego se incorporó con un suspiro hondo saliendo involuntariamente de su lejanía, apartó sábana y frazada, colocó al hijo en el centro mismo de la cama y lo tapó con un movimiento brusco de la mano. "Me llama si necesitas algún cosa", le dijo abruptamen-

1 Sol, padre de los incas, viendo que los hombres vivían como

*te mientras se dirigía a la puerta. Marcos oyó alejarse los pasos de su padre por el pasadizo que conducía a la sala y ahora, sumergido en la tibieza de las sábanas, el silencio empezaba a caracolearle susurrante y marino en los oídos, y sintió brotar en su espíritu los primeros retoños de una soledad desde hacía rato anhelada. Recorrió la vista por la habitación deteniéndola cautelosamente sobre cada objeto, deseando poder adivinar en lo disímil de la artesanía qué posible y oculta relación guardaban entre sí. Pensó que en la sofocante aglomeración del mobiliario, que se extendía como una maleza impenetrable por el resto de la casa, se condensaba avariciosamente el horror al vacío de su padre. Láminas de paisajes y de escenas israelíes, arrancadas de almanaques, llenaban todas las paredes: el Mar de Galilea (o Kineret, como lo llamaba conocedor su padre) aparecía amordazado por el ceñido círculo de las colinas; también una calle de Yerushalaim atestada de tiendas y de transeúntes ni más ni menos como Jirón de la Unión ¿no Marcos?, éste es el capital de Israel, difícil creyer que todos por calles seyan judiyos ¿no?; también niños rubios-morenos-pelirrojos- hasta bien negritos en una escuelita de Tel Aviv; también la inmensa soledad del Negev con sus arenas rojísimas y donde son las minas del rey Shlomo, sabio rey, ¿sabe el cuento las dos mujeres peleyan por mismo hijo y van donde rey Shlomo y..., y también muchísimas láminas del Kibbutz Guivat Brenner, fundado en año 28, yo fui un de fundadores Marcos, veya qué lindo, toda gente alegre traba-*

bestias, se apiada y tiene lástima de ellos y envía a un hijo y un *jando campos, mira qué felices todos,* y era que su padre también había trabajado en el kibbutz entonando *eretz zavat jalav, jalav, eretz zavat jalav,* canturreando voz al viento tierra de leche y de miel, *eretz zavat jalav, jalav udvash,* y en esas mismas láminas estaban los jóvenes patriarcas arremolinando las manos en las ubres de las cabras, hundiéndolas en los laberínticos y áureos ovarios de las abejas...

Marcos se acordó de la primera vez que puso los pies en esa casa. Aturdido por toda la maraña del mobiliario, se quedó paralizado apenas hubo traspuesto el umbral, con una sensación de hundimiento en los huesos, como si de pronto se hubiese visto abandonado a la merced de un ensordecedor alud de piedras. Entonces su padre lo tiró del brazo y lo remolcó casa adentro hasta su cuarto, diciéndole ven, no tenga miedo. Se quedó solo en el dormitorio, de pie, con la maleta al lado, aguantando un cansancio de almendras rancias en la boca. Desde el fondo de la casa le llegó la ceremoniosa voz de conserje de su padre: "Este es su cuarto, aquí va dormir. Baño es al izquierda unos pasos; frente el baño la cocina. Ahí tenga de todo, deshace maletas, despuéis prepara algo comer".

Esa noche, en cuanto su madre se hubo retirado a su habitación, comenzó el ritual del baño. "Voy quitarte todo el mugre de encima", le había dicho su padre arremangándose con aire de ancestral nostalgia la camisa, semejante a un viejo ortodoxo que se alistara para enrollarse sobre el brazo el correoso laberinto de las filacterias. Lo hizo *meterse en la tina y dejó volcarse el chorro de agua: se remansaba a ratos emitiendo un sonido seco, después volvía a aflorar en borbotones entrecortados hasta que de nuevo recuperaba el murmullo rectilíneo de su flujo. El vapor llenó de somnolencia el cuarto de baño, borró la solidez de las paredes, tornó indecisa la figura de su padre que, arrodillado al borde de la tina, empezaba ya a jabonarlo con armoniosa destreza; parecía que sostuviera entre las manos el cuerpo de un recién nacido, o como si tratándose de un cuerpo todavía por nacer, le fuera con pericia de orfebre florentino dando forma.*

*Ya la escena adquiría el relieve de una ceremonia. La imagen del bautismo en la mente del hijo coincidía tenazmente con el rito de patriarca bíblico que oficiaba su padre: acto de iniciación para introducirlo libre de impurezas en su mundo. Transformándose en ángel exterminador su padre parecía querer desgarrarle las carnes con la piedra pómez, primitiva daga porosa y sin guarnición, sepultada en la cerrazón cavernosa de su puño. El frenético remolino de la mano del padre configuraba ahora los signos del martirio y Marquitos, viéndose sometido a una prueba y seguro de que saldría de ella ileso y victorioso, soportaba las punzadas de la piedra conteniéndose las lágrimas, sofocando el dolor con titánica trabazón de las mandíbulas. Después todo lo demás —la salida apresurada de la tina, el bálsamo acogedor de la toalla, el rápido deslizarse hasta su cuarto, la reconfortante postura de feto debajo de las sábanas*— ocurrió en una especie de tiempo muerto, colindante con los vaporosos linderos del sueño.

# UNO

: El disparo de Terry, apresurado y de curso muy lento, ha salido desviado : Saque de meta para Brasil : Mirada a lontananza, el arquero Gilmar se dispone a efectuar el saque y toda la comunidad judía de Lima se prepara para cabecear el balón en las tribunas de Occidente :
Congregados todos en nuestro monumental estadio para presenciar este gran partido en que la actuación de Marquitos Karushansky, gloria futbolística del Perú y del milenario pueblo israelita, continúa siendo dudosa : Sin embargo, señoras y señores, no perdamos fe en los poderes curativos del internacionalmente famoso doctor Berkowitz, facultativo del seleccionado peruano : Ante nuestros micrófonos, el distinguido galeno :
—Marquitos acusa levísima lesión en las vías urinarias :
Nada serio : minúscula infección provocada por el gonococo de Neisser :
Aparece una secreción purulenta y dolorosa por la uretra :

Sin embargo, no hay por qué alarmarse : la intervención es sumamente sencilla : todo consiste en cortar el prepucio : el aseo del glande se hace mucho más fácil :

Semana de descanso : dos ampolletas de penicilina, y el pene le queda como nuevo :

Toda la delantera brasileña metida como punta de lanza en el campo peruano : sobre el cual yace, completamente en ruinas, pueblerina y churrigueresca iglesia :

—Fue por culpa del terremoto del año sesenta— interviene velozmente el abuelo de Marcos, haciéndose de la pelota :

—Obra del diablo—quita, cruzándosele por el camino, la abuela :

—Castigo de Dios—se alzan en coro, plañideras, llenando las graderías del estadio, las voces del pueblo :

Sí señores : extraordinario, profético sueño el de Marcos : el cual, gracias a la maravilla de la televisión peruana y a los siempre frescos y siempre deliciosos panetones Motta, pueden ustedes apreciar nítidamente en sus pantallas : Y así vemos que Marcos se sueña en el interior de una iglesia : Al fondo, sin cruz, se divisa un Cristo : Sí señores, sin cruz : con los brazos caídos : desnudo : circunciso : suspendido en el aire como un raído muñeco de trapo : A sus plantas, de hinojos, cabeza gacha, se mece un anciano rendido a la cadencia del rezo : resplandece su profusa cabellera de plata : ahora se incorpora : vuelve la mirada hacia Marcos : su faz semeja la del abuelo? : la del padre Camacho? : ojos

llo llegan al cerro Huanacaure, al sur del Cuzco, y allí hincan

de un fulgor azulino : nariz severamente aguileña : pero desentona en su semblante la barba : maraña de hebras que ruedan hasta sus pies como las ramas de un sauce :

Ahora vemos que el viejo se desplaza raudamente por el ala derecha al tiempo que se abren con estrépito, de par en par, las puertas del templo : desde ahí clava sus ojos en Marcos : lo llama con una seña : el muchacho obedece : se dirige a su encuentro : peligro en el área peruana : ve a sus pies una escalinata : el viejo lo toma de la mano : bajan en silencio, escudriñando el camino : cuando, de súbito, como surgido de la nada, aparece el pueblo : La escalinata muere en la casa de Marcos : la cual yace en completo abandono : descascaradas sus paredes : hundidos sus techos : amortajada en un sudario de telarañas y polvo : ¡Pésimo estado el del campo de juego, amigos aficionados! : Pero nada detiene el encuentro : ahora avanzan por la media cancha : buscan la salida : penetran en un pasadizo poblado de sombras : se abren paso a manotazos y marcando muy de cerca la defensa carioca : Ingresan al área : desembocan en un paraje desierto, sembrado de escombros : Sí, señoras y señores, el pueblo : sólo permanece en pie, a lo lejos, la iglesia, descansando sobre la cima de un cerro de arena ceniza : Ante su fachada se materializa de repente, en pose felina, la figura del viejo : hace una seña : Marcos se lanza, desesperado, a su encuentro : pero la arena cede bajo sus plantas : se derrumba : vertiginosa, lo arrastra hasta el umbral de su casa : Y cuando alza la vista ya el cerro no está :

en tierra una barreta de oro, la cual desaparece con gran facili solamente la iglesia, desde cuyo interior el viejo le hace nuevamente una seña : Pero ahí vemos que con graciosa pirueta se vuelve de espaldas y se cierran rápidamente las puertas : ¡Y miren cómo se eleva por los aires el templo : cada vez más alto, más alto! : hasta esfumarse por completo dejando en el cielo una nube grisácea : igual como se ha esfumado el equipo peruano de la cancha : el cual, sin la participación del gran Marquitos, se las está viendo grises y negras frente a la poderosísima escuadra carioca, que no deja que el cuadro local arme juego por ningún sector de la cancha : Comentarios desparramados por las tribunas :

—Al equipo peruano le falta movilidad :
Precisa alterar su ritmo de juego :
Necesita los servicios de Marquitos en el medio campo :
No vale la melancólica cadencia del yaraví frente al alegre compás de una samba :
Hay que bailar una marinera :
taconeo :
toque de cajón :
No hay primera sin segunda, dijo doña Facunda :
En suma, amigos, el equipo peruano debe buscar la penetración a fondo en el campo contrario : En esta tarde sabatina de fútbol en que con lleno de bandera se juega el honor nacional, no puede ni debe contentarse Marquitos, pese a su lesión, con sólo rondar las inmediaciones del ano de la bellísima Manón : encuentro que el Canal 4, siempre a la vanguardia de nuestra televisión, por cortesía de CRISTAL, la campeona de las cer-

dad y allí deciden fundar el imperio : En asamblea general es vezas, se complace en transmitir para deleite de toda la afición peruana :

Y ahí vemos cómo Marquitos introduce circunciso, desenvuelto falo en el campo de la Manón y fíjense ustedes la pesadez con que avanza el equipo peruano : A todos, familiares y correligionarios de Marquitos, se les nota apesadumbrados por el juego estéril del cuadro nacional : Con sumo gusto cedemos ahora la transmisión a nuestro colega Refugio Cuevas, profesor, comentarista y sicólogo del colegio León Pinelo : Adelante, Refugio :

—Muy buenas tardes, amigos aficionados : Aquí, desde la planta baja, un servidor, para recordarles que no debe resultarnos en absoluto extraño que casa e iglesia aparezcan obsesiva y recurrentemente en los sueños de Marquitos : Ya que es precisamente en esos dos mundos donde se forja su infancia : su juego sin par, mágico : juego que tanto necesita esta tarde nuestro equipo :

Además, es evidente que en el medio campo don Yehuda Karushansky, padre de Marquitos, no está cumpliendo con la tarea táctica encomendada por el técnico peruano, el venerable rabino Goldstein, en cuyas sabias palabras, "al niño debe cuidársele como se cuida a un árbol", radica toda la problemática del asunto : ya que el temprano, prematuro y violento ingreso de Marquitos a un nuevo y extraño terreno de juego podría acarrearle graves perjuicios sicológicos: Acertadísimas palabras de nuestro colega

elegida nueva mesa directiva de la Unión Israelita : Se le apare

Cuevas en instantes en que vemos a Marquitos ingresar de sopetón, cual alma marcada muy de cerca por el diablo, al pueblo de la Alianza : Sí señores : padre e hijo escalando con el clarear del día, buscando el difícil sendero, la cuesta de un cerro : Sí, de ese mismo cerro ceniza que Marcos ¡ay! tantas veces ha visto en su sueño : El sol brilla por entre las hojas como una daga : Padre, ¿adónde me llevas?, pregunta Marquitos : Don Yehuda no contesta : sigue avanzando cerro arriba con la mirada clavada en la cima : le negrean las pupilas : su sombra es roja : en sus brazos, el fuego y la leña : Ahora Marquitos se ve tendido de espaldas sobre una camilla y sobre sus ojos, la daga : Yo soy judío y quiero que también tú lo seas, dice don Yehuda en voz cavernosa : ¿Ha dicho judío? : Sí, ¡judío! : Judío para los peruanos, pero yid, ¿lo oyes?, entre nosotros :

¡No hay vuelta que darle! : Ya lo decía nuestro colega Cuevas : El señor Karushansky no hace sino complicar el panorama de este partido : En vez de clarificar, está ofuscando más el desempeño de nuestro cuadro : Y ahora sí no hay tu tía ni ángel que nos asista : Lo que hace falta esta tarde es que el rabino Goldstein, sentado a la diestra del señor Yehuda Karushansky, interceda ante su Dios por nuestro equipo : con sonora oración haga remecer los cimientos de esta nuestra monumental sinagoga que ha quedado muy chica para la gran afición :

—Baruj atá Adonai :
Elojeinu Melej Haolám :
Asher Kishanu... :

ce Adonai a Abraham en visión y le dice: "Este es mi pacto,

Etcétera : etcétera :

5 minutos de juego del primer tiempo y Brasil en poder de la pelota : Pase corto de Didí para Vavá : ovilla el esférico en el botín izquierdo y avanza observando el desplazamiento en abanico de su delantera : despliegue de perfumados pétalos por parte de la Manón : dato que a Marquitos lo tiene sin cuidado, porque en este momento lo que más anhela es librarse del asedio de su señor padre y salvar a nuestro gran país de la derrota : de su completa desaparición de la cancha : porque el Perú, queridos compatriotas—y nos duele decirlo—va desapareciendo paso a paso, ejad shtaim shalosh, de la vida de Marcos : Esfumada su geografía y esfumada su historia : Y si no, a ver, que conteste quién fue León Pinelo : a quien no hay que confundir, ni por asomo, con nuestro gran héroe Leoncio Prado : que, enarbolando la albiceleste bandera israelí, para ver librada a su tierra de vil traición, se lanza ahora de cabeza al mar perseguido de cerca por invasora horda de filisteos, es decir, chilenos : Y todos los peruanos tomamos INKA KOLA : LA BEBIDA PERUANA DE CALIDAD : Y no olviden : que si lo que buscan es un buen colegio para sus hijos, mándenlos al León Pinelo : donde, se lo garantizamos, aprenderán a sentirse peruanos de verdad : como el indómito Atahualpa que tuvo el orgullo de ser judío y ser feliz : ¿Judío? : ¡Mentira! : A ver, ¿quién dijo eso? : ¡Que muestre la cara para que podamos verlo retratado en nuestras pantallas! :

Sí, sí, ya vemos cómo el rabino esconde el bulto

23

que guardaréis entre mí y vosotros y entre la descendencia des

en las tribunas en momentos en que el gamo Zagalo penetra en la floresta del área peruana : Da cortito para Vavá : éste se la devuelve torbellina : Zagalo caracolea el balón : ¡Potente cañonazo de Zagalo a estribor! y detiene apresurado el larguirucho Zegarra cubriendo bien el ángulo :

Momentos de apremio para la valla nacional y gran nerviosismo en las tribunas por parte de los correligionarios de Marquitos en esta tarde esplendorosa de sol : cuyos rayos se filtran temblorosamente por entre las persianas iluminando el vaporoso cuerpo de la Manón: junto al cual, debilitado por los gonococos, Marquitos sigue las incidencias del partido : Peligrosa pelota en alto hacia la punta derecha : Corre Garrincha en procura del balón : lo sigue de cerca el médico del colegio Militar Leoncio Prado, doctor Belisario Márquez, eximio marcador de punta : apresta la ballesta : Garrincha ejecuta una finta derecha-izquierda y la saeta sale despedida en dirección del banquillo de suplentes, incrustándose finalmente en el cuerpo de Marquitos, que acusa gravísima, mortal lesión : !Ay Adonái Elojeinu, que no se nos muera por favor! : ¡Adonái Elojeinu Melej Haolám que estás en el cielo matando gallinazos! :

Nuevamente ante nuestros micrófonos el distinguido doctor Berkowitz con una explicación científico-popular de la lesión sufrida por Marquitos frente al Uruguay :

—Aún no hemos logrado contrarrestar el avance de la infección :

No protegido por la piel, el glande tiende a

pués de ti. Circuncidad todo varón, circuncidad la carne de

hacerse más firme, menos sensible, lo cual retarda el orgasmo y la eyaculación :
A la semana aparece un chancro : una erosión de forma oval, dura :
Luego todos los tejidos del cuerpo son alcanzados por vía sanguínea :
la piel se va haciendo más pálida y en ella se acusan manchas necrosadas de color marrón :
Luego se produce la muerte de las zonas de crecimiento y de la raíz : las partes carnosas del tallo muestran sus tejidos internos de color escarlata y en vías de desintegración :
La infección origina roseola :
manifestaciones mucosas :
fatiga :
dolor de cabeza :
perturbaciones mentales :
demencia :
o, en su defecto, parálisis general :
Sí señores : ¡Marquitos se va a morir! : la muerte lo ronda a la altura de la media cancha : ¡kansaywan wañuyka kuskam kusham purin! : ¡La vida con la muerte siempre andan juntas!, dicen los viejos curacas : Lo sabe él, y lo sabemos nosotros : Ya ni la penicilina ni la tetramicina surten efecto : Se va a morir, con aguacero : lo enterrarán en suelo peruano donde esta tarde se libra este histórico encuentro : Mírenlo bien : Fíjense cómo aumenta su ritmo respiratorio : infección zigzagueante que se lo come por dentro : que se abre camino a través de la sangre : que ya alcanza con sus garras de gallinazo el tejido nervioso : ¡Peligro! : fiebre alta,

vuestro prepucio, y ésa será la señal de mi pacto entre mí y vo

calambres : que ya ataca la pelvis, el corazón, los testículos : Y es por eso que de noche, vencidos por el sueño todos los cadetes de su Sección, Marcos se masturba sin ruido por debajo de la frazada leonciopradina para botar la infección : Observen : ahí sale en rápido disparo la bola de fuego que va a estrellarse contra el travesaño abandonando la cancha en saque de fondo para el Perú : Sí, sí, respetabilísimo público : hay muertes y ¡ay! muertes : Porque ¿quién llorará la muerte de Marquitos? : ¡Nadie! : Ni siquiera su señor padre : que no aparece por ningún sector de la cancha en estos momentos de apremio para el cuadro peruano :

¿Qué le deparará, pues, la suerte al Perú? : He aquí la pregunta que preocupa, martiriza y quema en carne viva a toda la afición deportiva de esta gran nación : Lesionado contra la putísima Manón en la jornada anterior, Marquitos Karushansky Avila no ha salido a la cancha : Y el Perú, señoras y señores, requiere su actuación :

Pregunta de cajón : Aunque lesionado, ¿jugaría Marquitos por el seleccionado de Israel? : Doloroso, pero cierto : en esta magna justa el Perú ha perdido a uno de sus más gloriosos vástagos : orgullo inmarcesible de sus amantes padres : dos razas que se juntan en histórica, armoniosa unión para crear el nuevo hombre peruano : Marquitos Karushansky Avila, ¡la Patria te reclama! :

Y allí, amigos aficionados, pueden ustedes verlo en sus pantallas : cabizbajo, sumido en ancestral nostalgia hebreo-indígena mientras la Manón le acaricia amorosamente el falo, esperando a que el técnico peruano le diga : ¡Vamos, Marquitos, a jugar se ha dicho : el destino del Perú está en tus manos! : Y no diga cerveza : diga CRISTAL : LA CAMPEONA DE LAS CERVEZAS :

# DOS

: Así es : donde ahora tenemos la sinagoga nueva, ahí quedaba el colegio por esa época : Casi imposible retener una imagen no borrosa al cabo de tantos años, ¿no? :
Yo, sin embargo, lo recuerdo aplanadoramente blanco (cremoso acaso) : media manzana chata entre General Garzón y la Brasil (todavía pasaban por ahí los tranvías que iban a La Punta) :
Sí, justo en el límite con Pueblo Libre, un poco descampado de ese lado : había lotes sin construir, basurales más bien : una que otra casa, chozas de esteras y cartón, muchachos amulatados con cara de matones jugando pelota, haciendo tiro al blanco contra cuadrillas de perros callejeros, sucios, esqueléticos :
Es cierto : en general un sitio bastante desolado : un páramo : árboles agrestes cuyos nombres no sabíamos : viento y polvaredas : nunca lo cruzábamos :
¿Para qué?, si no era necesario : No sé, quizás temor de aventurarnos solos : no había costumbre

entre nosotros : éramos niños de mamá : bien apretujados de la manito de mamá siempre de la casa al colegio y vuelta a casa :

Pero el cholo Marcos (según él) había estado : no tenía mamá que lo trajera al colegio de la mano : Tampoco, nos decía, miedo de internarse por Bolívar : se iba a pie hasta la huaca, no tenía miedo, también había una huaca al lado de su pueblo :

Pueblo Libre no es Lima, nos decía : había huertos y acequias y chacras : Eso, como digo, del otro lado :

Al colegio se entraba por Húsares de Junín : una puertita desapercibida, en realidad más pinta de ratonera que de puerta, sin letrero ni nada, ni siquiera una estrellita de David, no como después, ahora, en el colegio nuevo, el que años más tarde construyeron en Orrantia :

No, no tanto como escondidos, no : le estamos hablando de otra época : eran años de transición, recién empezaba la Colonia a levantar cabeza : Estábamos, mejor dicho estaban nuestros padres, en los proverbiales años de las vacas gordas : Soplaban buenos vientos : de traperos ambulantes habían pasado a propietarios de fábricas textiles, de simples buhoneros a grandes mayoristas : el que menos tenía su tiendita :

Sí, soplaban buenos vientos y se comenzaba a levantar cabeza, pero tampoco había para qué dejarse ver el cuello, ¿no? : Además, no existía en todo Lima colegio particular que no estuviese cercado por su tapia, así que los únicos no éramos... :

¿El León Pinelo? : No, no tenía gran fama en esos años : acababan de comprar el local : (cuentan que el primero, una antigua casa solariega con ínfulas de palacio virreinal, estaba en Breña) :

El caso es que se hizo una colecta : todos, como decían nuestros viejos con orgullo siempre que hablaban de esas cosas, dieron su óbolo y entonces se mudaron : El local debieron haberlo conseguido regalado porque, la verdad, no servía para colegio : Hubiese sido ideal para convento : aulas que semejaban celdas monacales, sin ventanas, alineadas frente a la cancha de fulbito : Nos tocaba educación física y teníamos que jugar pegados a la pared del fondo, apenas una tercera parte de la cancha, espacio bien angosto :

Y al que gritaba, jadeaba demasiado fuerte, estornudaba, ¡pun!, le caía su cocacho : Sí, nos lo plantaba el profesor, pegaba bien duro el desgraciado, con la piedra del anillo, un golpe seco : Jugábamos con zapatillas, sólo se oía la pelota, el bote, las patadas al arco, los puntazos... :

Claro, supongo que los del barrio estarían enterados : enterados al menos que allí había un colegio : que se llamaba como se llamaba y que era de judíos de eso si no estoy seguro : pero como la tapia de adentro daba a varias casas entonces debieron haberse dado cuenta con el tiempo, ¿no? :

Yo recuerdo que nos espiaban desde las ventanas : todo un ritual bien concertado, archiconocido por todos nosotros pero no menos aterrador por eso : hacían todo lo posible por que no nos percatáramos, pero eso era parte del misterio, del terror que todos silenciábamos :

Era como si se hubiesen aprendido nuestro horario de memoria : en los recreos salíamos al patio y ya estaban allí parapetados, atisbándonos desde los pisos altos : Hasta se nos ocurrió pensar que allí había un manicomio :

No sólo eso sino que todos los reclusos eran mudos, porque jamás se oyó una sola voz del otro lado de la tapia : Y con la bulla que en los recreos metíamos nosotros debe haber sido un infierno vivir al lado del colegio, ¿no? :

Y sin embargo, jamás se oyó una sola queja del otro lado de la tapia :

Pero había un hijoeputa que sí se desquitaba : cuando jugábamos fulbito, pelota que volaba por encima de la tapia, pelota que volvía desinflada :

Ah, pero si sólo hubiera sido eso, porque una cosa era desinflarla y otra muy distinta lo que hacía el tipo : le metía chaveta que da gusto : Con el jebe que se le chorreaba, ¿no parecía un gato destripado? : a todos nos tenía asustadísimos : Y ni siquiera era cuestión de acostumbrarse porque cualquier día se trepaba por la tapia y ahí mismo nos descuartizaba a toditos :

¿Si era entisemita? : No, la verdad no lo sabemos : Yo creo que simple y llanamente el tipo estaba loco :

Yo, en su pellejo, no hubiese devuelto las pelotas :

¿Tú? : ¡Ni hablar! : Este sabido abría su tienda de deportes y le hacía la competencia a Tito Drago :

Claro, ahora nos podemos dar el lujo de reírnos,

pero en ese entonces andábamos cagados : éramos unos mocosos : estábamos en segundo de primaria, pantaloncito corto y todo : Y de todos nosotros el único que no tenía miedo era el cholo Marcos (le decíamos cholo de cariño, ¿no?) :

Pero eso sólo fue al principio : cuando recién entró al colegio, los primeros dos o tres partidos : Acababan de comenzar las clases y todavía no habíamos perdido una pelota : Pero una vez estábamos allí jugando, se cayó la pelota al otro lado y el cholo nos dice háganme banquito porque él se trepaba sobre el pucho y rescataba la pelota :

Tuvimos que decirle que no fuera cojudo, lo chaveteaban si se pasaba al otro lado : Además, quién iba a ayudarlo a regresarse : ¡huevón! el cholo : Pero él que éramos todos una sarta de maricas, que por culpa nuestra se acabó el partido : ¡Pucha, cómo le gustaba jugar fútbol! : ¡Era un vicioso! :

¿Se acuerdan la primera vez? : Primer día de clases : nosotros estábamos ahí dominando pelota y el cholo sentado en el suelo mirándonos de reojo como quien no quiere la cosa, pero sin quitarnos la vista de encima : Le dijimos si quería jugar, que nos faltaba uno : ¡Que se iba hacer rogar! : ahí nomás se quitó los zapatos y después las medias :

Y nosotros amontonados mirándolo llenos de asombro, ya no nos podíamos aguantar la risa : Y él ¿se acuerdan?, con su dejo provinciano, medio valentón y medio tímido, que cuál era el problema, que a qué venía tanta risa :

Y ni siquiera estaba asado el cholo : no quería

que se le ensuciaran los zapatos, ¿qué tenía eso de raro? : Ya eso parecía un reto, manos en la cintura, bien plantado : y nosotros (no era miedo, le hacíamos cargamontón y le sacábamos la mugre entre todos) que no fuera bruto, íbamos a jugar en cancha de cemento, ¿que no se daba cuenta que le iban a salir ampollas en las patas? :

¡Qué no le dijimos! : en vano, porque él no se preocupen que yo sé lo que hago : a ver, cuál es mi equipo : La verdad, pinta de futbolista no tenía : flaquito, rodilludo, de veras daba pena : pero ¡qué trome para dominar pelota! : A todos nos dejaba regados por el suelo : finta aquí, finta allá, se paseaba por la cancha como en su propia casa : dueño absoluto del balón, bien pegadito a los pies se lo llevaba de arriba abajo dribliándose a medio mundo, sobradísimo, sacándonos cachita, aquí tienen la pelota, a ver quién me la quita : ¡Qué se la íbamos a quitar! : Para eso teníamos que faulearlo y a veces ni con esas :

No, ya no jugaba sin zapatos, pero el cholo dale que dale con que era mucho mejor jugar descalzo : Nos decía que así se tenía mejor control de la pelota : así mucho más fácil para ovillar el esférico (no le exagero, así igualito hablaba el cholo), picar la redonda, enredar la de cuero y sabe Dios cuánta vaina más de jerga futbolística :

Además, estaba acostumbrado : en su pueblo había jugado en calles empedradas desde chico : que en su pueblo todos jugaban sin zapatos, que Lima estaba llena de maricas : Sí, nos hablaba un montón sobre su pueblo :

Pero eso sólo fue al comienzo, ¿no?, porque después puro mutismo :

Es cierto : se puso más reservado con el tiempo : difícil decir exactamente cuándo y puede que en el momento mismo ni siquiera notáramos el cambio : ¿Su pueblo? : No sé : ¿Alguien recuerda cómo se llamaba? :

Yo creo que le cambiaba de nombre todo el tiempo : Y no sólo de nombre sino también de sitio : Pendejo el cholo, nos engañaba de lo lindo : Y ahora me da risa porque era un chiste oírlo hablar del clima de su pueblo : Fíjese si no : era tal la geografía del lugar que durante un mismo día nevaba, llovía y hacía un sol de los infiernos : Uno se despertaba y ya estaba nevando : los copos, nos decía jurando por su madrecita (a veces hacía ademán de persignarse pero se sabía controlar a tiempo), tenían la forma y el tamaño de una guaba y bajaban sobre el pueblo simulando un cotillón de plumas blancas... :

Nevaba hasta el mediodía más o menos, ¿no?, y luego irrumpía ese sol de que le hablábamos, o sea, un sol de selva : Ya para entonces toda la gente había trancado puertas y ventanas, porque tan deslumbrante era el resplandor del sol al rebotar contra la nieve, que todos permanecían en sus casas por miedo de quedarse ciegos : Mire nomás qué cosa ¿no? :

Le ocurrió a una de sus tías, quien (según Marcos) estaba media loca : Un día, sin que nadie pudiera detenerla, la vieja se lanzó a la calle y no logró avanzar más de dos pasos cuando todo el cuerpo se le puso, por la luz del sol, completamente blanco :

Marcos dijo que los de la casa sólo se atrevieron a mirarla por el resquicio de la puerta : Primero, enceguecida, la vieja empezó a dar vueltas brazos en cruz como una perinola y luego se alejó porteándose contra las casas hasta que la perdieron de vista : No, nunca se supo a ciencia cierta lo que pasó después con ella :

Mejor dicho no lo supimos nosotros porque el cholo jamás les incluía un final a sus historias : No sé cómo lograba escabullirse, pero siempre nos dejaba en pindinga : como cuando nos hizo el cuento de esa otra tía y los espejos... :

O el del tío ese que se subió a un cerro (abajo lo esperaban armados los cachacos) para pintar las siglas del APRA en letras gigantescas :

O el abuelo que guardaba la mantequilla en su caja fuerte para que el resto de la familia no se la robara... : O el del otro tío que se escapó con una trapecista que había llegado al pueblo con el circo : etcétera, etcétera :

La verdad, era como para no creerle nada y no en balde lo fregábamos :

Más bien nos desquitábamos, porque cada vez que el cholo se destapaba con una de sus fábulas lo hacíamos jurar, ¿se acuerdan? :

Y el cholo salía siempre con una de esas vainas requetebién católicas : Se llevaba dos dedos a la boca y se los besaba emitiendo algo así como un chasquido y luego juraba fervorosamente creo que por la virgencita de la puerta o de la cueva ¡ya quién se acuerda! : Y nosotros, de puros fregados que éramos, que así no, que jurara a la judía : A ver ¡jura que es cierto! : ¡por Dios que me alumbra! : ¿cómo? : ¡Por Dios! : No, así no, jura de a de veras : ¡Jai Adonai! ¡Jai Adonai!, repetía completamente asado el cholo :

Pero no vaya a creer que le teníamos inquina, nada de eso : todo lo contrario, lo queríamos, y como era bueno para el fútbol, incluso le teníamos respeto, lo admirábamos : El cholo nos decía cómo había que jugar, nos enseñaba a cabrear, cabecear la bola, patear al arco : También nos ordenaba dónde colocarnos y nos decía cómo había que desplazarse en abanico... :

Y nosotros siempre le hacíamos caso porque era obvio que el cholo sabía de esas cosas : pero si perdíamos cuando había campeonato, entonces se amargaba, nos requintaba delante de los viejos, aunque también después se le pasaba el indio : ¡qué se le va hacer!, decía, será para la próxima : Y nosotros no nos molestábamos porque nos daba pena : se le había muerto la mamá, nos dijo, pero en la Colonia se rumoraba que su mamá se había regresado al pueblo y hasta dicen que hubo una pelea, ¿no? :

Sí, parece que se armó todo un escándalo, amenazas de muerte, encarcelamiento y un montón de cosas : La verdad no sabemos cuánto hubo de cierto en todo eso : Sí, por entonces todavía vivía en Jesús María, pero después él y su viejo se mudaron a Breña :

¿Su casa? : No la recuerdo : Y si no me equivoco,

creo que solamente una vez estuvimos en ella, ¿no? : Parecía como si tuviera vergüenza de algo porque nunca nos invitaba a su casa : no era como nosotros, quiero decir que su vida era distinta a la nuestra : Por ejemplo, ¿alguien recuerda haber estado en su Bar Mitzvah? :

Yo sólo recuerdo que se estaba preparando : Los sábados iba a la casa de un viejito medio loco que decían había sido rabino de la Colonia en otra época : le enseñaba los rezos y seguro ensayaban el discurso : Sí, todos los discursos para la Bar Mitzvah eran más o menos los mismos: Muy queridos padres, parientes y amigos : permítanme agradecerles el haber venido a celebrar conmigo esta fecha de importancia fundamental en mi vida : hecho que marca mi iniciación como miembro de la congregación de Israel : como judío y como discípulo de Moisés, soy desde este momento responsable por mi conducta : por ello debo empeñarme en el camino hacia la perfección : y en este grandioso día para mí elevo mis súplicas a nuestro Padre en el cielo para que guíe mis pasos hacia la verdad y la justicia como buen hebreo, etcétera, etcétera, ¿no? :

Sí, todos tuvimos que pasar por ese mismo molinillo : Sin embargo, estoy casi seguro que a Marcos no le hicieron ni ceremonia ni fiesta : El hecho es que nosotros invitación no recibimos, así que quién sabe si tuvo o no Bar Mitzvah : Pero al cholo siempre le pasaban esas cosas, no era como nosotros : No, su caso no era el único, pero quizás para nuestra generación lo haya sido :

Porque Marcos fue el primero en aparecerse de

la nada : Todos nosotros aquí presentes habíamos crecido juntos : juntos habíamos hecho transición, kinder y primero de primaria : Además nos veíamos todos los sábados en el Betar : Y entonces un día el cholo se nos aterriza como caído del cielo : ni siquiera sabíamos que existían judíos en las provincias : Pero después, ya en cuarto o quinto de primaria, fue cuando de veras se destapó la olla y comenzaron a llegar como...como langostas ¿no? :

Pero ninguno con las rarezas del cholo : como lo de la circuncisión, ¿no es cierto? :

Exacto : y hasta la fecha no sabemos qué fue lo que realmente ocurrió : y seguramente los únicos que lo supieron fueron, además del cholo, su viejo y el médico que le hizo la operación:

Lástima que Jaime Ackerman no esté aquí con nosotros porque con él empezó todo : estábamos en segundo de primaria y un día, en el recreo, Jaime se nos acerca y nos lleva a un lado, tenía un secreto : venía del baño y no me lo van a creer, adivinen lo que acabo de ver : Y nosotros a ver, cuenta : y Jaime que al cholo no le habían hecho el bris : ¡cómo que no le han hecho el bris! : ¿estás seguro? : Y Jaime que sí, segurísimo : estaba meando al lado del cholo y vio que tenía el pájaro encapuchado : ¡estaba seguro! : ¡al cholo no le habían hecho el bris! :

Y ahí fue cuando de repente se aparece el cholo : ¡puta, cómo nos muñequeamos! : Nos hicimos los locos, ¿dónde estabas, hermano? : Pero seguro se dio cuenta de que pasaba algo raro, porque se lo quedó mirando a Jaime bien sospechoso : Pero por suerte justo suena la campana y arrancamos disparados en pelotón al aula : el cholo entró el rato bien despacito con cara de aquí hay gato encerrado, ¿no? :

Sí, pero ¡cómo iba a saber que ahora nosotros le conocíamos su secreto! :

No sé cómo pero lo supo, porque desde ese día ¿se acuerdan?, el cholo ya no se metía al baño con ninguno de nosotros : si quería mear esperaba a que sonara la campana y recién ahí corría embaladísimo, orinaba en dos patadas y se regresaba volando al aula : Pero nosotros queríamos asegurarnos y lo seguíamos al baño, no lo dejábamos en paz al pobre cholo : Y no lo hacíamos por maldad sino por pura curiosidad, no habíamos visto nunca una pichula encapuchada :

Pero ahí no terminó la historia : porque cuando íbamos a la majané el cholo tampoco quería encalatarse delante de nosotros : Sí, se lo voy a explicar : Todos los años con el Betar, en las vacaciones, armábamos un campamento cerca de Chosica : dormíamos en carpas y en medio del campamento teníamos un mástil con las banderas del Perú e Israel, bien alto : igualito que si fuéramos colonos en uno de esos kibbutzim de la frontera ¿no? :

Bueno, no tanto... :

En fin, el hecho es que nos quedábamos ahí tres, cuatro semanas haciendo vida de colonos : a diario había que traer agua del río, cocinar, limpiar el campamento y por la noche incluso hacíamos guardia : Los chicos de nuestra edad compartíamos una misma carpa : nos bañábamos en el río en un remanso que el cholo, dándoselas de explorador, había descubierto y bautizado como la Laguna del Lagarto : Pero él nunca se cambiaba con nosotros : a veces se ponía el pantalón encima de la trusa y se quedaba culo mojado todo el día sólo por miedo de que lo viéramos calato :

Entonces un verano, una o dos semanas antes de salir para la majané, supimos que lo habían circuncidado : el cholo tenía por entonces nuestra edad, doce años : Sí, fue a la majané, pero en las tres semanas que pasamos allí ni una sola vez logramos verlo calato : o no se cambiaba o lo hacía a escondidas detrás de unos arbustos que había al lado de la carpa : Entonces se nos ocurrió que lo de la circuncisión había sido falsa alarma : y claro, al cholo no se lo preguntamos para no avergonzarlo : Y cuando volvimos al colegio pasó lo mismo : el cholo seguía con los mismos enredos de antes para que no le viéramos el pito : No, nunca, ni siquiera cuando supimos que se iba a Israel, nos atrevimos a encararlo... :

Sí, ése fue siempre su sueño, irse a Israel : pero eso ocurrió mucho después, en el 63 : Todos nosotros fuimos a despedirlo al puerto : feliz de la vida estaba el cholo : No, se fue y jamás nos escribió una línea : y no volvimos a saber de él hasta el 67, cuando lo de la guerra, ¿se acuerdan? :

¿Cómo olvidarlo? : fue una guerra relámpago : ni más ni menos que calcada de la Biblia...como dijera, para beneplácito de toda la Colonia, la prensa : el pequeño David había derribado con certera pedrada al gigante Goliat : o : Judas Macabeo, comba en mano, puesto en desbandada a las huestes de Antíoco :

Y así sucedió : en escasos seis días las tropas israelíes llegaron victoriosas a las puertas de Egipto : ¡imagínese el júbilo que se produjo! : Engalanada toda la Colonia de fiesta, celebramos la victoria a vuelta de esquina : Ah, ser judío significaba ahora otra cosa : todos, grandes y chicos, anduvimos esa semana con el paso más firme ¿no?, la frente en alto, rememorando aquella famosa frase de Jabotinsky : ¡No puedo agachar la cabeza porque Dios me hizo derecho! :

Y en pleno festejo nos cayó la noticia : a Marcos lo habían matado en la guerra : atravesado por una bala, dijeron unos : otros, a punta de bayoneta : Y ni siquiera hubo a quién preguntárselo porque ya para el 67 su padre había muerto... (en circunstancias que por el momento no vienen al caso) : Pero ocurrió que con la muerte (o como usted dice: con la presunta muerte) de Marcos, la guerra cobró otro aspecto : se hizo, por así decirlo, real : se nos coló por debajo de la puerta y sentimos el olor de la pólvora en nuestras casas... :

¿Cómo se originó el rumor sobre la muerte de Marcos? : Eso nunca se supo, pero la mecha pareció prenderse al mismo tiempo en varios sitios : ¿Por qué? : Porque en la Colonia se vivía (¡qué digo!, aún se vive) de mitos...y quién sabe por qué, nos vimos en la necesidad de crearnos un héroe : y ese papel se lo dimos a Marcos... :

Y ahí (así lo creímos entonces), en un remoto paraje del Sinaí, terminaba su historia... : Pero ahora usted viene a decirnos que no, que el cholo no murió en la guerra : como si fuera bien poca cosa viene usted a decirnos que se voló los sesos... : ¡Es como para no creerlo! ¿no? :

# TRES

: Y es así que el equipo peruano avanza por la media cancha : Pelota en poder del conejo Benítez : rápidamente se deshace del esférico en dirección de Joya : Sale a marcarlo Zózimo : se le enfrenta a la altura del círculo central : lo mide : lo olfatea : Manón le captura el miembro con los labios : ensalivado bolo alimenticio que se le desliza hacia el istmo de las fauces : Mete el pie con fuerza y lo despoja del balón : acto complicado que lleva consigo una serie de reflejos : a consecuencia del estímulo se producen unos movimientos coordinados : Zózimo entrega para Garrincha : se despliega velozmente por el ala derecha : se dispone a centrar : elevación de la lengua : cierre de la epiglotis en el área peruana : Ahí va el centro bombeado : ascenso de la laringe : salta Pelé : cabecea preciso por encima de los defensores y el bolo alimenticio sale rozando el travesaño :
    Nuevo peligro para el arco defendido por Zegarra : USE KOLYNOS Y SONRIA : KOLYNOS, LA PASTA DENTRIFICA DEL

## HOMBRE TRIUNFADOR :

15 minutos de juego y el marcador se mantiene 0 a 0 sin que sepamos ni intentemos adivinar qué le deparará la suerte a nuestro gran Marquitos, que continúa en el banquillo de suplentes adormecido por los encantadores brazos de la Manón : ¿Lo expulsarán del Colegio Militar Leoncio Prado? :

He aquí la pregunta que como reguero de pólvora corre por todas las tribunas, mientras Marquitos espera las instrucciones del técnico Muñoz para bajarse cautelosamente hasta la cama del cadete Aranzani, lindo con su carita de Sandra Dee, y meterle en el nocturnal silencio de la cuadra de la Décima Sección, Quinto Año, un maravilloso gol olímpico : ¡GOL...! : Gol anotado por Pelé cuando transcurrían 18 minutos de juego del primer tiempo : balón que se coló por el ángulo superior izquierdo justo donde tejen su nido las arañas :

Verdadero baldazo de agua fría este gol : Sólo queda ver si ahora la defensa aprieta nalgas : ¡Y de Marquitos, nada! : Señoras y señores, no habría llegado el Perú a esta final contra Brasil si no fuera por el deslumbrante juego de Marquitos : extraordinariamente habilidoso en el cuarto de la putísima Manón : a quien pueden apreciar en sus pantallas frente al espejo : Coquetona finta por parte de Manón : se pone de puntillas : deposita suavemente los talones sobre el suelo : delicada, volátil media vuelta de bailarina : frunce la boquita y succiona imaginariamente el pene de Marquitos : posee unos labios carnosos y blandos que se adaptan perfectamente al miembro del muchacho : Ansiosa, Manón espera a que Marquitos salga del colegio : con su vistoso uniforme de cadete se llegue hasta su cuarto en veloz carrera por el campo para reanudar la ceremonia de los sábados : Porque ¿quién no lo sabe? : en Shabat, día sacro para todo nuestro pueblo, la Colonia, reunidos todos sus miembros de Norte a Sur : de Este a Oeste : en nuestro estadio : celebra por lo menos una Bar Mitzvah : ceremonia que el Canal 4, siempre al resguardo de nuestras tradiciones patrias, se complace en llevar a todos los hogares del Perú :

Ya un gran público va colmando, tras largo peregrinaje de San Isidro a Jesús María, la sinagoga : alfiler que intente meterse no cabe : todas las entradas vendidas desde hace días para presenciar este emocionante evento : Si bien no falta astuto revendedor que quiere hacer su agosto en la calle : Pero aquí se entra sólo por invitación y ya la concurrencia saluda a gordiflona mamá que hoy día luce sus mejores joyas y su mejor sonrisa vienesa : a más hueso que carne papá que trasuda dicha y felicidad por todos los poros de su sacrificado cuerpo : a joven y culoncito bar mitzvah que en escasos minutos, por gracia divinamente adonaica, dejará el banquito de suplentes para convertirse en titular del glorioso equipo de la Alianza :

Y cruzando la media luna, ya se aproximan padre e hijo a la bimáh : Se aparece el rabino como una sombra por el ala derecha : Hace sonar su silbato y da inicio al cotejo : Con voz que hace temblar el arca sinagogal, el foco de luz eterna, los

epción en honor del rabino Goldstein con motivo de la recien

pequeños leones de caoba que sostienen las Tablas, y los corazones rebosantes de júbilo de toda la judería limeña, rebotan zigzagueantes de pared a pared, cual estelares rayos, los rezos del padre, del hijo y del espíritu santo amén : Y ya desfila como si volando la comida y los distinguidos concurrentes se desplazan cual festivas moscas en torno a las mesas, en momentos en que el joven bar mitzvah se pone de pie para, trémulo de emoción, dar su discurso y decir así en su canción :

"Considero que el día de hoy significa para mi persona el inicio de la mayoría de edad y es por eso que me corresponde brindar un tributo de admiración y cariño por mis amados padres, quienes en todo momento han sabido servirme de guía espiritual" y, en efecto, ya está aquí su saludable sopita de gallina : "Por eso os prometo proceder como hombre de bien y tener siempre en mente aquella frase de tan corto número de palabras pero de tan hondo significado" : sus lindos latkes, su generosísimo gefilte fisch : "Kabed Vetikabed : Respetar al prójimo para ser respetado" : y al fondo, camuflado, pero nunca oculto, el peruanísimo, enternecedor y siempre servicial seviche : "Y sólo me resta deciros que este momento quedará grabado con fuego eterno en lo más profundo de mi ser : ya que en el día de hoy empieza mi verdadera misión : Ser Judío" : ¡Ay, mamita, cómo pica el ají! : Sin embargo, criollazos que son, no afloran las lágrimas a sus ojos : pero si corren raudas por los orondos cachetes de mamá : de ver a su hijo hecho todo un hombrecito : "Pero ser judío no es fácil :

te publicación de su libro "Manual del niño judío" : Tiene lug

Para mí ser judío es obedecer en todo a mis padres : obedecer en todo lo que Moshé Rabeinu nos ha dado por heredad : y ayudar a construir Medinat Israel" : en momentos en que una comisión de damas hace la acostumbrada colecta del Keren Kayemet Leisrael, que arroja una apreciable suma de lágrimas: "Entonces, cuando alguien me pregunte qué soy, orgullosamente le diré : ¡SOY JUDIO!" : Nutridos aplausos en las tribunas : Se ríe : se canta : se baila : ¡Con un vals! : ¡con una marinera! : ¡con un tonderito! : Sin que falte, para complacer a todos, uno que otro baile israelí : Tzena tzena tzena tzena : avara turena jayalí : lamosháh : ah : ah : ah : ¡y jamuq wata en Yerushalaim! :

Pero ahí vemos que el juez de línea está levantando su bandera rojiblanca y el árbitro marca infracción favorable al Perú : Protestan los jugadores del cuadro judío y se arma tremenda trifulca en la cancha : Es obvio que al rabino se le está escurriendo el partido de las manos : Con nosotros nuevamente nuestro colega Refugio Cuevas : ¡Adelante, Refugio! :

—Señoras y señores, ya es hora de poner las cosas en su sitio : Aquí lo que está en juego es el honor nacional : ¿O es que vamos a dejar que Marquitos, por puro decreto e igual capricho de su señor padre, se pase al bando contrario? : ¡Yo digo que no! : Y ustedes, compatriotas, debieran decir lo mismo : elevar sus voces hasta el Altísimo y reclamar nuestro derecho, inalienable, de ser peruanos : sin avergonzarnos de serlo : por más que tengamos, al igual que Marquitos :

ar, a primeras horas de la madrugada, el sacrificio de Isaac: S

cráneo braquicéfalo :
piernas demasiado cortas en comparación con el torso :
caja torácica ancha y larga :
pelo lacio :
pómulos prominentes :
y ojos semi-mongólicos :
Recuerden : Lo que importa no es el físico sino la espiritualidad : Y nosotros los peruanos somos pacientes : resignados : sensibles : melancólicos : y tristes :
¡Muy bien dicho, amigo Cuevas! : Y hay que recalcar, en honor a la verdad, que nada de esto es culpa de nuestro inmortal Marquitos que, en más de una ocasión, una y otra vez, ha sabido dar clara muestra de su peruanidad : Entonces ¿por qué se lo llevan esos cadetes de Quinto Año al malacate? : ¡Peligro!, amigos aficionados : Son tres y lo tienen acorralado : el de enfrente lo mira de pies a cabeza arqueando las cejas : A los otros dos no puede verles el rostro : están a sus flancos, apoyados contra el muro : Sólo siente su aliento : sonoros soplidos de fuelle que le queman los ojos : Ahora lo marcan más de cerca : Marcos siente un agudo escozor en el cuerpo, como si se le llenara de ronchas : pero se mantiene firme con las manos bien apretadas contra los muslos : el miedo le zumba por las orejas : Mira de soslayo hacia la entrada como si algo fuera a llegar : pero todo el colegio duerme : sólo se oye el ronroneo del mar, gutural y parejo : Ahora el de enfrente alza el puño : Marcos se hace a un lado : abre los ojos y se encuen-

tra con el puño del otro : se agacha : los de Quinto sueltan la carcajada : el que está a su derecha le descarga un cocacho : "¡Perro maricón! Mírenlo, no le hemos hecho nada y ya está cagado de susto" : Marcos permanece doblado : le arden los ojos : el llanto está ahí encharcándose : pero no lo quiere dejar aflorar : aprieta los dientes con fuerza : Y otra vez el de Quinto, con voz atiplada : ¡Párese, mierda!" : Y otra vez a los otros : "Parece una putita asustada ¿no?" : A carcajada limpia le festejan la gracia : Marcos ya se ha enderezado : está recostado contra el muro : Los de Quinto le ordenan "¡No se mueva, carajo!" : Se retiran unos pasos : se ponen a hablar en voz baja : luego se le acercan, los hombros echados hacia atrás, con una sonrisa : "Perro, queremos, como buen leonciopradino, que nos haga un favor" : Se adelanta el más alto, el de la voz de pito : "Aquí entre nosotros tres hemos hecho una apuesta, y usted va a decidir quién es el ganador : Ahora cuádrese y saque pecho, bien alto" : Marcos obedece : dilata el tórax al máximo : Se le acerca el más bajo y ¡pun! : puñetazo : Marcos se siente lanzado contra el muro y el dolor se le aparece como el estallido de un vidrio : Otra vez le ordenan cuadrarse y ahora el puñetazo proviene del gordo : Nuevo rebote contra la pared y ya lo está esperando el tercero : ¡pun! : un golpe seco, la cabeza le choca contra el muro : se tambalea, pero lucha por mantenerse en pie : "A ver, perro, ¿quién de los tres pega más fuerte? : Marcos no responde : los de Quinto lo zarandean : "¡Díganos quién ha ganado la apuesta!" : Finalmente,

ante ceremonia en la sinagoga de la calle Iquique : Notable ja

Marcos dice que todos pegan igual : "¡Entonces eso quiere decir que tenemos que romper el empate!" : "¡Saque pecho!" : "¡Apártese del muro, carajo!" : Todo se le hace oscuro al primer puñetazo : y luego viene el segundo : y después el tercero : Marcos ya no está seguro de dónde provienen los golpes : entonces piensa en su padre, porque también su padre le pega : a puñetazo limpio le pega con furia : para luego, arrepentido, romper a llorar : "Marcos, es por tu bien" que lo hace : "el estudio por sobre todas las cosas", comparándolo con sus amigos, los del León Pinelo : "¿Por qué no puedes ser como ellos?" : Tan estudiosos ellos, los de las buenas notas, los que a fin de año se llevan todos los premios : "Mi deber es guiarte por buen camino" y entonces al viejo se le salen las lágrimas... : Pero Marcos no va a llorar : "¡Perro, conteste! ¿quién pega más fuerte?" : Y de nuevo ese remolino de brazos que lo hacen rodar como por una pendiente y algo pugna por saltar de su boca : algo que ahora tiene que ver con su madre y que se le aglutina con un furor urgente en el pecho : "¡Conteste, carajo!" : Pero es más fácil no contestar : cerrar los ojos para detenerse en algún punto fijo que ve allá adentro : Pero todo le da vueltas : algo le arde ahí, en el cerebro : Siente que ceden sus piernas y se va desmoronando, despacio... : ¡Falta que marca el árbitro y que favorece al elenco brasileño! :

Hace efectiva la falta Didí : en corto para Pelé : que descuenta a un rival y dispara de izquierda y : Segundo gol de Brasil, señoras y señores : Marcador 2 a 0 favorable a la escuadra carioca : ¡Completa e increíble desorganización en la defensa peruana! : Nuestra magna Patria requiere los servicios de Marquitos : cuyo señor padre ni siquiera se las huele que en esta tarde rutilante de sol están a punto de expulsarlo del Colegio Militar Leoncio Prado : Marquitos Karushansky Avila : acusado de haberse tirado al cadete Aranzani en la cuadra de la Décima Sección, Quinto Año : Marquitos Karushansky Avila : ¡El gran mostacero de Lima! : a quien—dicen las malas lenguas—se le ha visto festejando la tradicional fiesta de Purim en el baile de disfraces de la Laguna de Barranco : Y efectivamente, amigos aficionados, ahí pueden ustedes ver en sus pantallas el mentado sodómico y gomórrico espectáculo, para vergüenza de toda la comunidad judía de Lima : Ahí hace su entrada el alcalde de Miraflores disfrazado de Madame Pompadour criolla : moño platinado, zapatos apuntillados con borlas de brillantes, lunar en la mejilla izquierda y polvos de boudoir : Otros entran disfrazados de dominós, arlequines, pierrots y piratas con parche y pata de palo : Entre los disfraces femeninos podemos apreciar colombinas con vistosos trajes de percala y terciopelo, y pelucas al estilo siglo XVIII : Y el baile, amenizado con música de cámara, alberga a toda una serie de adolescentes que parece han sido forzados a participar en esta magnífica fiesta de carnavales, habiéndoseles propiciado estupefacientes cuyos efectos aún no han sido determinados por el médico de turno doctor Belisario Márquez, facultativo del Leoncio Prado : Sí señores : congregados todos en el local de la

para oficiar en festividades religiosas : Mayta Cápac somete a

Laguna, escogido para esta celebración de Purim por el ambiente de romanticismo que reina en él: la luz de la luna que baña la laguna, los paseos en bote (con los cuales se puede atravesar el túnel del amor) y, sobre todo, por la existencia de encantadoras cabañas situadas en la parte oeste del lago, donde las parejas se retiran a descansar de los estragos del baile : Y es precisamente a una de estas cabañas donde—nos informan—ha sido llevado un adolescente de apenas 16 años, cuyo nombre y domicilio no podemos revelar hasta que el teniente Montenegro, que no permitirá que el Leoncio Prado se le llene de maricas, haya hecho las investigaciones del caso:

—Leonciopradinos :
Alto el pensamiento : como una bandera :
encendida el alma : como azul hoguera :
recio el corazón :
hagámonos dignos del nombre que lleva nuestra institución :
Sin embargo a Marquitos se le nota indiferente : Escondido en la cuadra de la Décima Sección con el cadete Aranzani, Marquitos sólo siente las espirales de su respiración : Busca con los ojos el cuerpo del cadete Aranzani : lindo con su carita de Sandra Dee : Gidget limeña luciendo juvenil belleza en las doradas arenas de la Herradura :

Y es así que, virginal y pura, Sandra le declara su amor al cadete Karushansky : su amor adolescente nunca mancillado : porque Sandra, recatada chica de buena familia miraflorina, no es una vulgar maroca : Entonces, ¿por qué no protesta, gime, llora, cuando el cadete Vega, maceta, levantador de pesas, se le mete por las noches en la cama? :

La defensa peruana totalmente asediada : Vega se introduce furtivo en la litera de Aranzani : le baja los pantaloncitos del piyama : sin que Sandra nunca diga nada : eleva su culito rosa a media altura, bombeado, para que el cadete Karushansky se pierda en soberana paja : pelota que sale desviada en saque de fondo para el Perú :

# CUATRO

: El colegio quedaba en La Perla, en plena avenida Costanera : bien pegadito al mar, sobre el acantilado, casi colgando ¿no? :

Sí, al borde del precipicio : apenas a unos veinte metros, acaso menos, cruzando la pista : Una mole de cemento, maciza, amarilla y gris : muros por los cuatro costados : le decíamos Sing-Sing, ¿se acuerdan? :

Claro : Y no muy lejos de ahí, bajando por la Costanera, estaba su sucursal :

¡La correccional! : La veíamos desde el ómnibus, los sábados, yendo a casa : Era igualita al colegio : amurallada y gris : A la entrada una reja enorme, de hierro, barrotes bien gruesos... :

Y de noche, en invierno, el colegio parecía un pueblo fantasma : todo vestido de neblina, flotando : Y ahí estaba el mar que se metía por todas partes : descascaraba las paredes, los catres, los armarios :

Todo impregnado como de un olor a azufre, es lo que yo recuerdo : Subía a veces por el acantilado una peste de los mil diablos : a pescado podrido : a desperdicios : Seguro usaban toda esa zona de desaguadero y la peste caía sobre nosotros :

Al principio uno tenía la impresión de haber hecho un viaje bien largo, ¿no? : como si hubiésemos aterrizado, de repente y sin aviso, en otro mundo : un mundo que nada tenía que ver con nosotros :

Y eso que todos los que estamos aquí vivíamos en Lima : separados del colegio una media hora en ómnibus : Así que imagínese a los que llegaban de fuera, los serranos : los que venían de la Selva : Para esos debe haber sido como aterrizar en otro planeta, ¿no? :

En Tercer Año, recién entrados, renacuajos apenas de este porte, el colegio nos parecía más bien una aldeíta : No le exagero, de largo medía unas siete cuadras por más o menos dos de ancho : Todo lo que uno se pueda imaginar lo tenía el colegio : comedores, cuadras, oficinas : aulas, enfermería, piscina : capilla, peluquería, cantina... etcétera :

Sastrería : estadio : ¿Queríamos jugar básquet, fulbito? : Ahí estaban nueve, diez canchas : Hasta imprenta tenía : incluso un cuartel, detrás del estadio :

Sí, de veras como un pueblito : Por todas partes especies de plazuelitas con sus faroles, sus bancas : igualitas a las de cualquier barrio de Lima : Caminaba uno por el colegio y, no le exagero, era como estar en la calle :

Seguro : La pista de desfile era como una

avenida, ancha : atravesaba de cabo a rabo todo el colegio : y ahí estaba el Pabellón Central... :

Y ahí, desde una terraza, el Coronel soltaba sus discursos, interminables : Nunca faltaban ceremonias : que si la Independencia, que si el Día del Ejército, que si la muerte o el nacimiento de Leoncio Prado : etcétera, etcétera :

Y nosotros al frente : bien formaditos, atentos : Al que se movía un milímetro le clavaban su papeleta : ¡Castigado sábado y domingo! : Y si no le gustaba, a quejarse al Papa :

Sí, el Pabellón Central era el corazón del colegio : la cabeza del pulpo : Ahí tenía el Coronel su despacho : Todo el edificio era una telaraña de oficinas : largos, oscuros pasadizos de mármol : Parecía un mausoleo, frío, tenebroso :

No, casi nunca entrábamos : No nos atrevíamos con tanto oficial merodeando por ahí a cada rato : Pasábamos de largo, asustadísimos, pero eso sí, por si acaso, luciendo mucho porte, sacando pecho, cabeza en alto :

Pero más asustados nos tenían los chivos y las vacas : Sí, los de Quinto y Cuarto : Le estamos hablando de cuando éramos perros, en Tercero : Las vacas y los chivos parecían mucho más viejos que nosotros, grandotes, ya les salía hasta barba : Y claro, nos jodían que daba gusto :

Había que saludarlos a cada rato y en cualquier sitio : Y si por descuido pasábamos de largo sin saludarlos, nos paraban ahí mismo, ¡alto!, con que haciéndose los cojudos ¿no? : Nos hacían regresarnos como una cuadra y volver a pasar, ¡más respeto, carajo! : Entonces saludábamos exagerados, muertos de miedo, tiesos, sin pestañear :

Peor era cuando nos llevaban a sus cuadras, de noche, a tender camas : ¡Y qué podía hacer uno! : ¡Nada! : Obedecer, dejarnos llevar como lo que éramos, buenos perritos :

Pero eso era lo de menos, ¿no? : saludar, tender camas : Porque los muy hijos de puta tenían mil formas de jodernos la pita : ¿Se acuerdan lo del malacate? : Mire nomás este ejemplo : Podíamos estar ahí en el malacate, después del almuerzo, cagando tranquilos, cuando de repente se aparecía una vaca o un chivo—daba lo mismo—, alguien mandaba atención y todos los de Tercero, pantalón a la altura de los tobillos, teníamos que pararnos : bien cuadraditos : ahí mismo ¿se acuerdan? sobre el sitio :

¡Imposible olvidarlo! : Porque al que se movía—nada más bastaba que se le moviera un pelo—, quince, veinte planchas con las manos apoyadas en la taza : Y por supuesto que no nos dejaban jalar la cadena... : No, si en eso precisamente consistía la gracia : dejar la taza rebosante de mierda : Y entonces nos ordenaban hacernos qué sé yo, veinte, treinta planchas seguiditas : aspirando bien hondo, con ganas :

No, ¡qué íbamos a protestar! : Eso hubiese sido cosa de maricas : La consigna en el colegio, desde el primer día, fue una sola, clarísima : ¡Los hombres nunca se quejan! : ¿Quejarnos, nosotros? : No señor : Ni de locos : ¿Ir a quejarse al capitán o a un teniente? : Ni pensarlo : Primero, no nos habrían hecho caso : y segundo, corríamos el riesgo que los de Quinto y Cuarto nos agarraran de punto : Y ahí sí que el colegio hubiese sido de verdad un infierno, ¿no? :

Bueno, eso fue precisamente lo que le pasó al judío, ¿se acuerdan? : Sí, le estamos hablando de Karushansky : ¿Judío? : Se lo decíamos nada más de cariño, no vaya usted a pensar otra cosa... : Sigo : sucedió que los de Quinto y Cuarto lo agarraron de punto : La verdad, nos jodían a todos, pero al judío mucho más que a nosotros :

Yo creo que la culpa era casi toda del mismo Karushansky : Mire si no : Terminaba el estudio nocturno y regresábamos, las diez secciones del Año, una detrás de la otra, marchando bien formaditos, un-dos un-dos, retumbaba todo el colegio : Antes de llegar a nuestro pabellón teníamos que pasar primero por el de Quinto : Y ahí estaban noche tras noche las vacas, aguardando en la sombra, detrás de los muros, al acecho : De verdad daban miedo : más que vacas parecían lobos hambrientos :

¿Y quiénes eran los que se jodían? : Nosotros, los de la Décima : éramos los más mocosos : íbamos a la cola del batallón, cagados de susto : Entonces, cuando ya las otras secciones estaban a salvo, ahí nos caían encima los de Quinto : Así, de lejos, sin acercarse mucho, en voz bien bajita, cuidándose que no los oyera el teniente de turno, psst, perro, ¡venga!, nos ordenaban salir de la fila : ¡Venga aquí, perro, rápido! : Y nosotros, novatos, huevones que éramos, obedecíamos :

Pero eso sólo fue al comienzo, porque después, cuando aprendimos que la formación era sagrada, ¡ni de cojudos! : Con el teniente ahí al frente del batallón no corríamos ningún peligro : Las vacas nos llamaban, rabiosos, y nosotros, sin siquiera voltear a mirarlos, nos cagábamos en la noticia :

Pero con el judío no pasaba lo mismo, era otra cosa : Ni bien oía que lo llamaban ¡psst!, ahí nomás se salía de la fila, como una ovejita : Y después, como a la hora, se habría tendido por lo menos veinte camas, se aparecía de lo más campante en la cuadra :

Al principio lo batíamos duro : Judío huevón, ¿por qué no haces como nosotros? : Pero él no hacía caso, se encogía de hombros, seguía de largo : Con el tiempo todo eso se convirtió en simple rutina, ya casi ni lo fregábamos, puro gastar saliva :

Además—y puede que esto le parezca mentira—, daba la impresión que hasta le gustaba, ¿no? :

No : Yo creo que eso sería exagerar un poco las cosas : Lo cierto es que ese año, en Tercero, nos fregaron a todos, ¿acaso no éramos perros? :

Sí, pero a Karushansky, pobre, lo tenían pisado : Ejemplo : Se aparecían varios cadetes de Quinto en la cuadra : Se mandaba atención más rápido que volando : ¡Atención! : Y ahí mismo nos cuadrábamos de un solo brinco, mirada al frente, cabeza en alto, palmas bien pegaditas al muslo, nos sacaban la mugre si nos movíamos : cachetadas, puñetazos en el pecho, ángulo recto :

El caso es que siempre, sin que fallara una, se la prendían con Karushansky, lo olían de lejos, ¿no? :

Es cierto : ¡Nombre!, le decían : Y el judío, ¿se acuerdan?, bien reglamento : ¡Cadete Karushansky Avila Marcos! : Entonces el de Quinto abría tamaños ojazos, ¿caradequé? : Nosotros soltábamos la carcajada : ¡Silencio, carajo! : ¿Qué soy? : ¿Un payaso?, gritaba el de Quinto : Y aunque reventáramos de la risa teníamos que ponernos serios, o nos llovía a nosotros :

¿Cómo apellida?, preguntaba otra vez el de Quinto : Y el judío, bien orgulloso : ¡Karushansky, mi cadete! : ¿Y eso con qué se come?, decía bien cachaciento el de Quinto : ¡Es un apellido judío, mi cadete! : Conque judío ¿eh? : ¡Sí, mi cadete! : Y usted ¿qué es? : ¡Judío, mi cadete! : ¿Cómo? : ¿Usted no es peruano? : ¡Sí, mi cadete, también soy peruano! : Entonces ¿por qué chucha dice primero judío siendo peruano? : Y ahí le caía tremendo puñetazo en el pecho, ¡pun! : ¡Cuádrese, mierda!, mandaba el de Quinto : A ver, ¡saque pecho! ¡Más alto! : ¡Pun!, otro puñetazo : ¿Judío o peruano? : ¡Pun! : ¡Diga peruano, carajo! : ¡Pun! ¡Pun! ¡Pun! : cinco, seis puñetazos seguidos :

Y lo más increíble era que de Karushansky no salía un solo quejido, como si el pecho lo tuviera de acero : Una resistencia como de indio, ¿no? :

Pero aprendió su lección : porque después ya ni de vainas decía que era judío : ¿Judío? : ¡No, mi cadete : peruano! : Lo malo fue que los que lo conocían ya lo tenían fichado : Oiga, conmigo nada de hacerse el pendejo, ¡eh! : ¿Qué? ¿Me ha visto carehuevón? : ¡No, mi cadete! : Así que ahora lo tenemos de traidor a su raza ¿eh? : ¡Judío maricón! :

¡Saque pecho, carajo! : ¡Pun! puñetazo : Al pobre lo agarraron de punto... :

A veces, fusil en alto, así, por sobre la cabeza, lo hacían ranear por toda la cuadra desde la puerta hasta la pared del fondo, vuelta tras vuelta, cantando, ¿se acuerdan? :

Claro : el vals "Mi Perú", sólo que lo hacían cantarlo con otra letra... ¿cómo era? :

Algo así como "tengo el orgullo de ser judío y ser feliz, de haber nacido en esta tierra de Israel," etcétera :

En cambio, los profesores y la mayoría de los oficiales sí lo querían, ¿no? : No, no era sobón : chancón tampoco : Pero acaso por ser judío los profes siempre le daban importancia : el profe de biología, por ejemplo, ése que siempre llegaba a clase medio borracho, desarrapado, con la camisa afuera del pantalón, ¿se acuerdan?, nos revolcábamos de la risa :

Y qué afecto que le tenía al judío : Algún día llegarás a ser un gran médico, le decía delante de toda la clase : Y entonces después nosotros nos le acercábamos para fregarlo : Doctor Karushansky, por favor, una consultita : Tengo una cosa bien dura aquí entre las piernas : ¡Ay!, tóquemela, doctorcito : El judío se ponía furioso, la cara como un tomate, pero no abría la boca : simplemente se daba media vuelta y se iba echando humo :

Lo que sí no se puede negar es que tenía muy buena cabeza, sobre todo para las matemáticas : el profe nos dictaba un problema, a ver, ¿quién tiene la respuesta? : El judío salía disparado a la pizarra, agarraba la tiza, números por todas partes, como una máquina, en un dos por tres ya está : siempre salía con la solución exacta :

Lo malo era que después se nos sobraba : ¿Sabíamos quién era Einstein? : el papazote de las matemáticas : y, además, judío, chúpense esa : A nosotros nos daba pica : Todos los grandes cerebros de la historia habían sido judíos : Y no sólo en ciencias y letras sino también en las armas : ¿De verdad no sabíamos que Napoleón...? : ¿Con apellido Bonaparte? : ¡Judío sefardita! : Colón, Cortés, Pizarro, San Martín, Bolívar...todos, según Karushansky, judíos sefarditas : Y, por supuesto, no debíamos olvidarnos de Jesucristo... :

Nada más por eso nos desquitábamos : De noche nos tocaba a veces servicio de imaginaria, nos acercábamos despacito a su cama y ¡plaf! ¡plaf!, lo despertábamos a cachetada limpia : luego nos escondíamos : El lo único que hacía era mentarnos la madre y se volvía a dormir enseguida : No, no obrábamos de mala fe : simplemente nos desquitábamos por las mil y una huevadas que nos decía, ¿no? :

Exacto : como cuando nos metió el cuento que había nacido en Israel y que lo habían traído al Perú de chico : Por eso, decía, hablaba hebreo : Una vez quiso enseñarnos el alfabeto, unos signos rarísimos : Seguro los había inventado él mismo y nos estaba metiendo el dedo :

El caso es que después confesó que era peruano y nos comenzó a hablar de su pueblo : toda una sarta de historias bien raras, ¿se acuerdan? :

La más increíble fue la de esa tía con los espejos :

Fíjese si no : Resulta que esa tía, espejo que tocaba espejo que estallaba en mil pedazos : Y eso sólo fue al principio, porque después, para que los espejos reventaran no tenía más que mirarlos : Claro, la noticia corrió como reguero de pólvora por todo el pueblo y entonces la gente ya no la dejaba entrar en sus casas : Salía la vieja por el pueblo, la divisaban a lo lejos, y en un santiamén empezaban a cerrarse aquí una peluquería, allá una espejería, más allá un taller de vidrios... :

No, nunca nos dijo cuánto le duró el maleficio : Pero lo que sí nos dijo fue que en su casa no se volvió a saber por años lo que era un espejo :

Pero esa historia, comparada con la del terremoto, se queda enana : Según el judío, media población se quedó sepultada bajo los escombros ... : se los tragó la tierra :

Sí, se les vino encima un huaico : Y era para embarrarse de la risa porque al cabo de varios años, cuando ya nadie se acordaba de ellos, todos los enterrados se aparecieron un día, de lo más campantes, por el pueblo : ¿Qué pasó después? : No lo sabemos : porque el judío jamás les daba un final a sus historias, nunca :

Y eso no era lo único con lo que nos jodía : Nos tocaba, por ejemplo, clase de religión, el cura se ponía a hablar de la vida de Jesucristo, de sus milagros, y el judío, terminaba la clase y siempre empezaba con las mismas : Así que para ustedes Jesucristo es Dios, ¿eh? : Ya están grandecitos para creer en cojudeces, nos decía burlón :

Pero nosotros le hacíamos la guerra : ¿Y qué nos

dices de sus milagros? : Y él ¿acaso no estaba lleno de milagros el Viejo Testamento? : ¿No habían hecho miles de milagros los profetas? : ¿Y la resurrección? : A ver, ¿cómo te explicas eso? : Pan comido, decía Karushansky : Antes de ponerlo en la cruz a Jesucristo le habían dado una droga para que pareciera muerto : Y entonces los apóstoles fueron a sacarlo de su tumba y lo escondieron y etcétera, etcétera :

A nosotros oír esas cosas nos daba rabia y ahí era que lo fregábamos : Claro, le decíamos, ustedes los judíos alegan que no murió en la cruz para exonerarse de la culpa de haber matado a Dios : El judío se sulfuraba : ¡A Jesucristo lo crucificaron los romanos! : ¿Entienden? : ¡los romanos! : Se iba furioso : No, con el tiempo dejamos de hacerle caso, ya nos sabíamos todas sus pendejadas de memoria :

¿Si era buen futbolista? : ¿Quién? : ¿El judío? : No, ¡qué iba a ser bueno! : La verdad, no tenía un pelo de deportista : No era como nosotros, que siempre se nos veía en el estadio haciendo atletismo o jugando pelota... :

Es cierto : para esas cosas Karushansky era más bien medio flojo : Igual que para las maniobras : Sí, nos tocaban los sábados, antes de la salida, en un descampado enorme que quedaba detrás del colegio, como a cinco cuadras : Había colinas, pequeños desfiladeros, un par de cañaverales, terrenos un poco pantanosos : y por todas partes una peste de los mil diablos :

Salíamos de mañanita, bien equipados : fusil en mano, casco, mochila : Llegábamos al descampado y partían al año por la mitad, dos grupos : uno de ataque, el otro para la defensa : Teníamos que capturar, digamos, una colina : Entonces nos lanzábamos al ataque, ¿se acuerdan?, a grito pelado, aullando, ¡cuerpo a tierra!, rampando, llenos de polvo, ¡a la carga!, trepábamos pundonorosos la colina : Pero el judío siempre se quedaba rezagado : siempre le pasaba algo : que me agarró un calambre, que se me perdió la bayoneta, que me doblé un tobillo, etcétera, etcétera :

Por eso nos resulta muy extraño eso de irse a Israel y meterse al ejército : Y más aún eso de que se pegó un tiro : ¿Por qué? : Porque Karushansky simplemente no servía para esas cosas : les tenía terror, yo diría que incluso asco, ¿no es cierto? :

Fíjese : A veces, una, dos veces por mes, nos llevaban a todos a hacer práctica de tiro : A un polígono que quedaba por ahí en La Perla, cerca del colegio : A cada uno nos daban seis balas, después nos asignaban un blanco : Nos tendíamos a ras de suelo y ¡pun, pun, pun! dispárabamos : Al rato pasaba el teniente y, como prueba de que habíamos disparado, le enseñábamos los cartuchos : Nadie tenía problemas : Nadie, excepto el judío :

Sucedió que la primera vez, al primer disparo, del culatazo que le propinó el fusil, el judío por poco se disloca el hombro : Desde esa vez jamás volvió a disparar : Entonces hicimos un trato : él nos pasaba sus balas y nosotros dispárabamos sobre su blanco : Luego, rapidísimo, sin que se diera cuenta el teniente, le devolvíamos los cartuchos : Por eso nos parece de verdad increíble que se haya pegado un balazo, ¿no? :

# CINCO

: 30 minutos jugados, pierde el Perú por la cuenta de 2 a 0, y nuestro gran Marquitos continúa en el banquillo de suplentes, los ojos clavados, si bien a distancia, en el sinuoso cuerpo de Sandra : Y otra vez en nuestra cabina el doctor Berkowitz para darnos sus impresiones del encuentro :
—No es raro el caso de muchachos que se masturban en los internados :
Algunos recurren a un agujero en el zapato :
Otros, al cuello de una botella :
a la almohada misma :
Hay quienes usan saliva : pomadas : fuertes chorros de agua tibia :
Sabias palabras del distinguidísimo doctor, que no se explica por qué, con qué derecho el teniente Montenegro se lleva a los cadetes Karushansky y Aranzani a la enfermería del colegio : El caso es que contra Pelé no hay tácticas que valgan : Pelota en poder de la Perla Negra : contonea pícaramente las caderas : descuenta a un rival y sombra que penetra en el área peruana : Guillermo Delgado le comete

Abraham, muere a los 127 años de edad : Pachacútec logra de

falta, que es inmediatamente cobrada por el teniente Montenegro : más conocido como Cañabrava : que no permitirá, señoras y señores, que se le vaya el partido de las manos y se le llene el Colegio Militar Leoncio Prado de maricas :

Ahora Montenegro ingresa con paso firme a la enfermería : Ya está plantado, alto, huesudo, pistola al cinto, lentes ahumados, junto a la cama de Marcos : Saca lapicero : libreta :

—Nombre y sección :

—Cadete Karushansky Avila, Marcos : Tercer Año : Décima Sección—dice Marquitos pensando trágame tierra : Un sudor frío, comenzado en la nuca, le baja pegajoso por la espalda :

—Los que le pegaron, ¿de qué año eran? :

—No lo sé, mi teniente :

—¿Cómo? : ¿No les vio los galones? :

—No, mi teniente : Llevaban capote :

—¿Y las insignias? :

—Tampoco, mi teniente : Estaban sin cristina :

—Y entonces ¿cómo mierda vamos a saber quiénes fueron los que le pegaron? :

La voz de Cañabrava, señoras y señores, resuena por toda la sala : Marquitos se estremece como si le hubiesen dado con un rebenque en el lomo :

—¿Qué le pasa? : ¿Lo he asustado? :

Cañabrava lo mira arqueando los labios : mueca que acaba en burlona sonrisa :

—¿Eso es todo lo que recuerda? :

—Sí, mi teniente :

—¿Y no recuerda cómo llegó a la enfermería? :

—No, mi teniente :

rrotar a los chancas y asume el gobierno : Ejército peruano co

—¡Carajo! : Yo mismo lo traje : anoche : ¿Se acuerda o no se acuerda? :

Pero no, amigos aficionados, Marquitos no se acuerda : Y ahora Montenegro lo mira con los brazos en jarro : ¿Qué está esperando? : ¿Que Marquitos le dé las gracias? : El muchacho se las da, por si acaso : Cañabrava le clava una mirada entre desdeñosa y de asombro : con cara de qué carajo le pasa a este cojudo :

—¿Gracias? : ¿No sabe usted que en el ejército no se agradece? :

Ahora hace flamear el índice en jugada peligrosa :

—¡No lo olvide, cadete : en el ejército jamás se agradece! :

Montenegro baja rápidamente la mano, se golpea la cartuchera y hace sonar su silbato : Falta cometida en perjuicio del equipo brasileño :

Ejecuta la falta Vavá : entrega suavecita para Pelé : Pica el balón con la derecha y dispara en primera de izquierda : balón que se estrella contra el larguero y sale desviado : Momentos de angustioso peligro para los cadetes Karushansky y Aranzani camino a la enfermería del colegio, cuna de algunos de los más ilustres hombres de nuestra Patria : que esta tarde se ve forzada a jugar sin los servicios de nuestro sensacional Marquitos : Karushansky : Avila :

Sentado en el banquillo de suplentes, ¿pensará Marquitos en su señora madre? : ¿en su valerosa madre peruana? : que enfrentada al centro delantero extranjero aguanta tremendo cañonazo en las entrañas : TOME INKA KOLA, LA BEBIDA PERUANA DE CALIDAD :

¡Qué vergüenza para toda la comunidad judía de Lima si lo expulsan del Colegio Militar Leoncio Prado! : De ser así, su padre no lo dejará defender los colores de Israel en el próximo mundial de Chile : Mejor, así podrá defender la camiseta del Perú : porque es por traidor a la Patria que lo expulsan : por vender a este gran país que le diera dulce abrigo entre sus alas :

Amigos aficionados : ¿Quién no conoce la historia del viejo Karushansky? : Cuando llega al Perú de Besarabia no tiene en qué caerse muerto : Sí señores : llega a Lima en octubre : en día de garúa : procesión del Señor de los Milagros por las calles de la ciudad de los virreyes : marejadas de cabezas encapuchadas : crepitar de cirios : nubes de incienso : Cristo (¿morado, negro, mulato?) en andas : Llega ese santo día y se produce el milagro : Primero mercachifle : muy hábil en la venta ambulante de baratijas : brillante en el amague y en las fintas con el dinero : después pone tienda en pueblo : entonces conoce mujer peruana : Y he aquí, amigos míos, el fruto de unión tan santa : ¡Marquitos Karushansky Avila! : ¡El gran mostacero de Lima! : que por pinga loca ha mancillado el honor de su familia y de su raza : Y todo por haberle embocado la redonda al cadete Aranzani : por no vestir esta tarde la gloriosa rojiblanca :

—De desatarse una guerra entre el Perú e Israel : ¿por quién pelearías tú? —le preguntan apresuradamente los del León Pinelo desde la tribuna Sur :

del Arbol en Jerusalem : Se recuerda aniversario de la muerte

—¡Por Israel!—responde Marquitos sin ninguna hilacha de duda en la voz :

—¿Y si hay una guerra entre Israel y el Perú?—preguntan, a su vez, desde la tribuna Norte, los del Leoncio Prado :

—¡Por el Perú!—contesta Marquitos, nuevamente sin ningún dejo de duda en la voz :

Respuesta en el clavo : porque ni cojudo que fuera ¿no? : Ahora mueve la pelota el equipo peruano por mediación de Tito Drago : veterano inside derecho que reemplaza en este encuentro a Marquitos : Avanza lentísimo el viejo : oruga que se arrastra por el campo : Sale a marcarlo Didí : le quita el esférico : cruza el balón a la derecha, donde recibe el chueco Garrincha : Se escapa por la punta : Ahí sale a marcarlo Soria y le comete falta :

Tiro libre para Brasil : Garrincha continúa adolorido sobre la grama : momentos de espera por parte de Manón, que mientras tanto piensa : "Quisiera quedar encinta y ser una madre amante de mis hijos" : Nada menos que como la madre de Marquitos : peruana cien por ciento que ha abandonado a su hijo en manos del centro delantero extranjero : y encima, judío : ¡Qué barbaridad! : ¿Dónde se efectuó el disparo? : ¿Sobre el mostrador? : ¿De pie detrás de una puerta? : ¿En el suelo? : No lo sabemos ni queremos adivinarlo :

—Tu mamá se fue—le dispara don Yehuda a bocajarro, sin una pizca de dolor, sufrimiento o pena en la voz :

Y Marquitos se lo queda mirando con ojos que le diga algo más : Pero don Yehuda cobra la falta y

de Theodor Herzl y Jaim Najman Bialik : Falleció en Lima el

Marquitos, haciéndose el dormido, aprieta bien fuerte los ojos : Y en sus adentros (como le enseñó la abuela : crucifijo en la mano derecha : rosario en la izquierda) le reza a la Virgen de Guadalupe con todas sus fuerzas : porque, amigos aficionados, la Virgen ¡ay! tan amorosa, tan buena, protege a sus hijos, y Marquitos, señal de la cruz debajo de la frazada, a escondidas de don Yehuda, le ruega que todo nomás sea un sueño del cual despertar con las primeras luces del alba y ver a mamá entrando a su cuarto :

Y, efectivamente, un día su madre regresa : atravesando selvas, desiertos, para ver a su hijo : Entra bombeada y también con ella Marquitos se hace el dormido : boca abajo, pensando viene a ver si he cambiado : se creerá que me caparon y viene a ver si me he puesto como un chancho : Ahora Marcos abre los ojos : pesadez en la madre de Marquitos : cinco meses de gestación : esta vez anida en sus entrañas un hijo verdaderamente peruano : Marquitos se levanta : Ha comprado para su señora madre un anillo : se lo ofrece : Ella lo acepta : Marcos la acaricia : primero la cara : luego los hombros : los brazos : la toma de la cintura para, entonces, empujarla suave, lentamente, hacia la cama : Pero ¡fulminante cachetada por parte de su señora mamá! y el árbitro rápidamente cobra la falta :

—Tu mamá se fue—repite don Yehuda :

Y Marquitos, sentado en el banquillo de suplentes, adolorido, la sangre quemándole el cuerpo, no puede llorar : ni una sola lágrima asoma a sus ojos :

notable sacerdote católico Teóafanes Calmes, el único en tod

—Y lo que está muerto está muerto—dice don Yehuda :

¿Pitaq wañurun? : ¿Su madre? : No : Marquitos sabe que su señora madre ha encontrado refugio en casa de sus abuelos : Sabe que se fue y no vuelve más : digno ejemplo para todas las madres peruanas : Allá en su pueblo (iglesia churrigueresca, medievales callejuelas), la pobre ni siquiera sospecha que a su hijo se le está pudriendo el cuerpo : grave lesión contraída en la jornada anterior : reñido encuentro librado en los corralones de la Prolongación México contra la rubia Manón : Palidez en el rostro de Marquitos : falo en vías de desintegración : por lo cual es verdaderamente dudoso que ingrese al terreno en esta tarde de sol : SOL DE ICA : EL PISCO QUE LEVANTA EL ESPIRITU Y ALEGRA EL CORAZON :

Se forma la barrera entre don Yehuda y Marquitos : se cobra el tiro libre y el balón sale besando el palo : Saque de meta para el equipo peruano que pierde por la cuenta de 2 a 0 cuando llevan transcurridos 35 minutos del primer tiempo :

Seminario se desplaza a toda máquina por el ala izquierda : entrega de taquito para Vides Mosquera : Otra vez para Seminario : centro de Seminario sobre el área chica brasileña : Sale Gilmar con tranquilidad y descuelga el balón : Con la mano para Didí que ahora avanza con la pelota como en su propia casa : donde Marquitos entra de regreso del colegio : Velozmente se interna en el cuarto de su papá : pica la pelota e inclina la cabeza para darle un beso : El viejo detiene las acciones : le ordena te

a Sudamérica que ofreció una misa por las víctimas judías del colocas allí al frente para mirarle una vez más el uniforme : Piensa el viejo en los gloriosos húsares polacos : desasosiego en las tribunas : estruendo de cañones oye en esta tarde en que las esperanzas del Perú son nulas sin la actuación del gran Marquitos :

El árbitro le ordena saludas a tu padre : Me muestras cómo marchas : hasta la pared y media vuelta de Garrincha eludiendo hábilmente a su marcador : Replegado sobre el área chica el padre de Marquitos : preguntándole en primera y de volea si lo alimentan bien en el colegio : pase que recoge. Marquitos pensando a lo mejor me expulsan : ¡Cómo vas a extrañar el uniforme, viejo! : Ahora su padre se quita la camisa del piyama : rayas y colores de campo de concentración : Se tiende boca abajo : bien Brasil en la zona medular : Le pide un masaje con alcohol alcanforado : Marquitos acaricia el cuerpo blanquísimo de la Manón : Tocando la pelota bien Brasil : Didí oxigenando continuamente el medio campo : balón en profundidad de Didí para Zagalo : Rotando permanentemente los delanteros brasileños : centro sobre el área chica : remate de cabeza de Pelé y el esférico muere en las redes del arco peruano :

Tercer gol de Brasil cuando el reloj del estadio indicaba 40 minutos cumplidos de la primera etapa : ¡Esto ya es imperdonable! : Amigos aficionados, el Perú requiere la actuación inmediata de Marquitos : Ya es hora de que Marquitos ingrese a la cancha : UNAMOS NUESTRAS VOCES EXIGIENDO EL INGRESO DE MARQUITOS : Que la banda de la Guardia Republicana entone

nazismo : Muere Abraham a los 175 años de edad : Pachacúte

los acordes de nuestro Himno Nacional : Así, cantemos todos en coro :

—Koolod valeiva :

peeniimá :

nefesh yehudi :

oomiiá :

Marquitos, peruano cien por ciento, tiene que jugar : Tiene deberes sagrados que cumplir y los cumplirá hasta quemar el último cartucho : Porque ¿a quién le importa que lo expulsen del Leoncio Prado? : TODOS LOS PERUANOS TOMAMOS INKA KOLA : LA BEBIDA DE MARCA NACIONAL : ¡Y cómo extrañamos esta tarde a Marquitos! :

Más cabe preguntarse : ¿Cuán efectivo sería Marquitos con su goleadora pierna derecha lesionada? : NO DIGA CERVEZA : DIGA CRISTAL : LA CAMPEONA DE LAS CERVEZAS :

En instantes en que la pelota se halla suspendida sobre el medio campo mediante rechazo desesperado de Benítez, el árbitro hace sonar su silbato indicando el final del primer tiempo : Marquitos abandona el banquillo de suplentes y entra en el camarín de la rubia Manón, con la interrogante de si jugará o no en la segunda etapa : Insistimos, Marquitos entra, no en el cuarto de la puta predilecta de sus amigos judíos, sino en el de la putísima Manón : Amigos aficionados, permanezcan en sus asientos que, luego del siguiente corte publicitario, volveremos con el segundo tiempo de este importantísimo encuentro :

# SEGUNDO TIEMPO

*Al día siguiente fue domingo. Su padre salió de compras al mercado y regresó al mediodía, cual encorvado mercader asirio, cargado de alforjas rebosantes de carnes, pescados, quesos, frutas y hortalizas. Puso los víveres de la semana en la nevera no sin antes husmear carnes, quesos y pescados, sacar lustre a las frutas con un retazo de franela y regar con agua fresca las hortalizas.*

*Más tarde, al traerle el almuerzo, su padre anunció la llegada de los "reyes magos" como quien propaga un pregón en medio del medieval barullo de una plaza. A la media hora el viejo volvió para llevarse la bandeja. Al poco rato regresó y comenzó a pasearse en silencio por el cuarto sonriéndose a hurtadillas, como si, guardador de un secreto, buscara el instante apropiado para revelarlo. Se detuvo por fin frente a Marquitos y afectando seriedad en la voz le dijo: "Quiero me haces un favor; me cuentas ahora la historia de los reyes magos ¿bien? No era la primera vez que su padre le pedía que le contara esa historia. Y claro, el muchacho daba comienzo al relato sin olvidar que en ciertos pasajes debía dejar unos paréntesis para que su padre fuera llenándolos con su propia voz, socarrona y dramática.*

*Esta vez, cuando Marcos acabó de narrar la historia, su padre se dejó caer sobre la cama con un retumbo ahuecado, musitando oro, incienso y mirra, y ya se abandonaba al sopor de esas palabras rodando a oscuras por el acantilado de las sábanas, oro, incienso y mirra a flor de labios, desbocado mar adentro en el oleaje de su canto. Los ojos se le habían suavizado, adquirían el eco quebradizo y blando de su voz, pestañeaban acompasadamente como agitados por una brisa estival. El hijo repetía el mismo canto en sus adentros ciñéndose al ritmo sombrío de su padre, sello inquebrantable y definitivo de la alianza.*

*Cuando su padre anunció con excesivo alambicamiento de la voz la llegada de los reyes magos, Marcos se hallaba en el baño. Descalzo sobre el frío trasudado de las locetas, se apretaba la superficie abombada del diafragma para facilitar la salida de la orina: la sintió arremolinársele en el vientre, embestir ensortijada como un áspid, provocar una descarga eléctrica y descender por fin con el ímpetu fulmíneo de un chubasco. Se dejó flotar en el escozor acumulado en toda la longitud del tramo urinario, que parecía un avispero embarullado ante la inminencia de una invasión. De pie, con la vista reposada sobre el charco aún efervescente de la orina, esperó a que le amainara el vendaval arenoso que le trajinaba por el falo. Luego tiró de la cadena y vio cómo la orina desa-*

bol : Jacob suplanta a su hermano Esaú en la bendición pater

*parecía en torbellino por la boquera de la taza.*

*Cuando regresó a su cuarto los amigos de su padre cuchicheaban en círculo ceñido como nerviosos palomos. La melodiosa inflexión del yidish era como un zureo de voluptuosas tórtolas y las palabras brotaban escoltadas por orgullosa hinchazón del buche y sensual encrespamiento del plumaje. En esas ocasiones su padre le resultaba un ser desconocido; parecía que en la coincidencia de gestos y palabras recobrara inadvertidamente una plenitud perdida, una fisonomía más humana. En cambio, mudaba de semblante en cuanto recurría al castellano: cada frase equivalía a desenmadejar una maraña; entonces se tornaba adusto, carraspeaba, se amparaba en artificiosos e indecisos ademanes sin encontrar apoyo en el ebrio andamiaje de las palabras. Frío y comedido con el castellano, su paso al yidish descorría el cortinaje de una escena despojada de tartamudeos y tropiezos. Al igual que un actor encargado de representarse a sí mismo, se paseaba cómodamente por las tablas sin tener que recurrir a ningún tipo de histrionismo, caracterizando su papel en constante y severa anagnórisis, en la que se yuxtaponían gestos y palabras de un modo íntimo. En su padre la aspereza germánica del yidish se ablandaba como una masa harinosa, adquiría la refracción policromada del acento eslavo y se disolvía en los vientos altanos que tímidamente se asomaban por el umbral de las estepas besarábicas. El hallazgo a los once años del universo sonoro de su padre despertaría en Marcos el bisbiseante hormigueo de la nostalgia, extraña añoranza de paisajes nunca vistos y vocablos nunca oídos: toda la historia de su padre, de la que sólo contaba con fechas y lugares desparramados por todas las latitudes del orbe, cavaría en él una ausencia, que habría de llenar más tarde con el colorido carnavalesco de la imaginación. Desfilarían por su mente, una y otra vez, remotos espejismos de un mismo itinerario: travesías a caballo recorriendo llanuras azogadas por un sol distendido en la redondez de su bostezo; su padre sorteaba encrucijadas, avanzaba sin tregua hacia el encuentro de la noche hasta toparse bajo la foliácea bóveda de un bosque con un bullicioso campamento de gitanos. Entonces desmontaba y resguardado bajo los sombríos colores de su poncho se colocaba justo donde las llamas de la hoguera, apenas agitadas por la brisa, no pudieran alcanzarlo. Viejos gitanos de piel bruñida formaban un círculo alrededor de la fogata, indiferentes al revoloteo de las chispas que se apagaban y encendían como luciérnagas. El crujido de las ramas secas se entreveraba con el cascabeleo de las panderetas que a quince pasos de la hoguera marcaba el compás de una desenfrenada danza. Los bailarines, mancebos y doncellas, fundían sus cuerpos con la nervosidad ametalada de la noche y sus ondulaciones remedaban la errátil trayectoria de las chispas: fragua nocturna alentada por el fuelle crapuloso de la sensualidad donde los cuerpos parecían alcanzar la tonalidad fluvial de los metales derretidos. Entonces su madre se desprendía del corro de danzantes, se interponía entre el resplandor de la fogata y la figura eclipsada de su padre y cual incitante Salomé se despojaba de sus vestiduras lanzándolas retadoramente al aire. Luego se acercaba alegre y despreocupada hasta su padre, que acuclillado como un ídolo, desplegaba las alas de su poncho y raudamente la ceñía con el aletazo de un soberbio cóndor. El fuego se retorcía provocativo y luego se alargaba devorando los suaves contornos de la noche. Picados por los lengüetazos de las llamas los cuerpos se elevaban en su desnudez a modo de una hiedra, entrecruzaban sus raíces en torno al cordel ascendente de las llamas hasta que el pozo de savia se agotaba y los brazos de la planta dejaban de crecer. Luego, hojas y tallo rodaban con la laxitud de la cera derretida hasta la tierra. El ceremonial de la partida se efectuaba al borde de una playa: su padre se hacía a la mar en un velero bergantín que, proa al viento, batallaba tenazmente contra los manotazos de las olas. Desde la arena su madre izaba un brazo agitándolo en señal de despedida mientras el navío, ya encaramado en alta mar, le mostraba indiferente el vaho de su popa.*

*El ruido de hojas chamuscadas producido por Marcos al meterse en la cama descerrajó la opacidad del círculo. Los hombres se desperezaron de su encierro y dirigieron la mirada hacia donde se encontraba el muchacho. Parecían tres reyezuelos caídos en desgracia y a quienes el azar los hubiese reunido en el destierro para, fantasiosos y furtivos, tramar la reconquista de sus reinos. Diminutos, severos en la nervadura foliar del rostro, formaban un tríptico de rabinos medievales que distraídamente se habían aventurado fuera de los confines de su ghetto. Así los conocía Marcos, trabados siempre en uniformadora trinidad.*

*La impaciencia de su padre por dar inicio a la ceremonia comenzó a registrársele en la gravedad del entrecejo. Sosteniendo en alto una copa de acaramelado vino blanco, se situó al lado izquierdo de la cama señalando de ese modo que había empezado la función. Leibel Gunn, el gnomo de la verga descomunal, veterano tendero de la calle Valladolid y de quien se rumoraba vivía amancebado con una despampanante negra de La Victoria, abandonó con los ojos llenos de legañas el húmedo invernadero de su gruta. Frunciendo graciosamente su hociquillo de lirón extrajo un paquete del bolsillo que depositó tímidamente en la mano extendida de Marcos. El gnomo volvió a retirarse a las profundidades de su gruta, donde lo recibían doce sonrientes mulatitos. Marcos ignoraba cómo había comenzado la leyenda, comidilla de toda la comunidad judía e inagotable fuente de sexualidad para él y sus amigos del León Pinelo. Entre los muchachos de su edad Leibel Gunn se había convertido en un personaje fabuloso, sumo pontífice de una liturgia aún sin descifrar, oficiada únicamente en el lujurioso tabernáculo del sueño y durante el rito solemne de la masturbación. En sus fabulaciones nocturnas Marcos le había conferido a Gunn título de caficho mayor, a cargo de numerosas negras estratégicamente emplazadas en los corralones de la Prolongación México, mundo que su imaginación había poblado de mitológicas deidades marinas que entrelazaban en un solo nudo gigantesco sus cuerpos escamosos. Que Gunn, gracioso y enano diosecillo, hubiese llegado a convertirse en venerado señor de las negras limeñas sólo se explicaba, según Marcos, en virtud de su asombrosa envergadura fálica. Marquitos ya había desenvuelto el paquete que le diera Gunn y ahora sostenía entre las manos su primer regalo: un Moguen David bañado en oro con que el amigo de su padre rubricaba ritualmente su ingreso al pueblo de la alianza. Pero en manos del muchacho la estrella de seis puntas parecía haberse transformado de emblema judaico en deslumbrante talismán, proveniente de protectora y sexual divinidad.*

*"A ver si le gusta este reloj", dijo en voz baja Samuelito Rajman, efectuando un par de venias mitad conde venido a menos mitad venerable rabino rendido a la cadencia del rezo. No sabía tutear en castellano, aunque lo hablaba bien, con ligerísimo acento polaco y sempiterna sonrisa de judío agradecido de vivir en este gran país, a flor de labios. Samuelito tenía una relojería en la calle Camaná, tercera cuadra, y a los clientes, ¡no faltaba más!, siempre se les daba la razón por más que se atrasaran en los pagos. Al reloj pulsera Longines-Tres Estrellas que le obsequió a Marcos no había que darle cuerda, de eso ya se había encargado Samuelito, siempre tan correcto y tan cumplido como el mejor de sus relojes suizos. De Samuelito Rajman, Marcos no sabía mucho, sólo que era un hombre sin familia, poquísimos amigos y pésima*

*circulación de la sangre, por lo que rápidamente le cediera el sitio a don Jacobo Rapaport y fuera a sentarse tic-tac, de lo más fino, tic-tac en la otra cama. Don Jacobo Rapaport, propietario del bazar "SU AMIGO", magníficamente surtido con ropa para cholos y sito en los fosos laberínticos del Mercado Central, alargó su cara de batracio, se acercó a saltitos hasta la cama del muchacho y puso sobre el edredón un paquete primorosamente envuelto en brilloso papel con estrellitas y graciosos cervatillos. Los ojos de Marquitos se toparon con el título del libro que don Jacobo le había traído de regalo: "Un niño judío salió del ghetto". "Para lo leyas antes volver a escuela", le dijo empleando el mañoso subjuntivo lo mejor que pudo e intentando remedar el tono de su aristocrática mujer, que descendía de una antigua familia de abolengo y que le había dado una numerosa prole de peruanitos blanquiñosos, incluso algunos rubios, tan pintones como la madre, que tenía mucha alcurnia pero poca plata. Y como no eran ricos ni mucho menos, vivían en los Barrios Altos, eso sí en una casona señorial flanqueada por amplios balcones virreinales de una Lima te quiero tanto porque aún retienes todo tu encanto.*

*Concluida la entrega de regalos, su padre le ofreció un vaso de vino para brindar por la ocasión y los viejos, retomando sus copas, se colocaron otra vez alrededor de la cama del muchacho. El viejo Karushansky alzó su copa, hicieron lo propio sus amigos, y brindó porque desde hoy el pueblo de Israel recibiera en su seno un nuevo miembro,*

s medianitas, quienes a su vez lo venden, en Egipto, a Putifar:

*nunca es tarde cuando dicha es bueina, locuaz y contentísimo el viejo, y año próximo bar mitzva, ya no tenía que pujar para que le salieran bien dichas, ceremoniosas las palabras voy hacer muy gran fiesta en casa y todos familia y amigos en sinagoga nueiva de Avenida Brasil.* Leibel Gunn, designado kvater, es decir, padrino del muchacho, solicitó uso de palabra, se aclaró ruidosamente la garganta y le dijo a Marquitos "verguienza no es tener bris ahora porque Ishmael habiya tenido bris a edad de trece años", y Samuelito, poniendo su mejor cara de rabino, que el hijo de Moisés también había sido circuncidado tarde por Tzipora, esposa del patriarca, quien cogió filuda piedra y cortó el prepucio de su hijo y lo echó a los pies de Moisés, diciendo: de verdad, tú me eres un esposo de sangre. ¡Así fuei! ¡Así fuei!, corearon al unísono los viejos como si hubiesen sido convocados a atestiguar la veracidad de un hecho milagroso, y luego Samuelito, pésima circulación de la sangre, se fue a sentar en la otra cama donde se puso a sobarse los tobillos. ¡Por fin yid!, ¡por fin yid!, exclamaba mirándolo entre orgulloso y sorprendido su padre, quien desde un comienzo le había prohibido decir judío, judiyo por ellos los peruanos, pero yid entre nosotros. ¿Se sentía yid ahora? ¿Más yid o menos yid que antes? ¿Igual de yid? Su padre continuaba hablando en castellano y, gracias al vino, las palabras le brotaban sin tropiezos, gobierno peruano deberiya darnos tierras como a japoneses en selva, así tenemos nueivo éxodo y vamos todos trabajar tierra, ya no tiendas más, cerramos todos negocios

Director del León Pinelo dicta charla titulada "¿Tiene nuestra

*y vamos fundar kibbutz, vamos dedicarnos agricultura y criya animales también, y ya el viejo se sentía transportado no sólo a los campos amorosamente labrados del kibbutz sino a las bucólicas escenas de la biblia. Los tres ancianos asentían cada cual a su manera: Samuelito acrecentaba el ritmo del masaje, la sangre empezaba de nuevo a circularle, le volvía el color a las mejillas; don Jacobo Rapaport parecía alzado en vilo, gesticulaba con las manos sin atinar a decir una palabra, con la mente poblada de una serie de imágenes que había visto la noche anterior en la película; Leibel Gunn se había achicado, escuchaba entre distraído y melancólico, parecía sumido en el foso de algún recuerdo impreciso; Marquitos, por su parte, ya no prestaba atención a las palabras de su padre: se lo imaginaba, túnica y sandalias, entrando al Palacio de Gobierno, báculo en mano hasta la sala de audiencias y frente al Presidente del Perú, sólo vengo pedir tierras nadie labra y si no, ¡llueivan miles plagas sobre Lima! Tuvo que llevarse las manos a la boca para sofocar la risa, tenía pena o miedo de reírse de las ocurrencias de su padre, de los gustos rarísimos del viejo, ni bien se despertaba prendía la radio y se ponía a escuchar el programa Sol en los Andes donde sólo tocaban yaravíes y huaynos, unos en castellano ¿otros en quechua? Y el viejo, con su voz de contrabajo, se dejaba arrastrar por los "quisiera ser picaflor y que tú fueiras clavel, para chuparte la miel del capullo de tu booocaaa...". Claro, no comprendía las canciones en quechua y quizás porque le resultaban*

juventud un ideal?" : El ejército israelí llega al corazón del Sin *indescifrables las palabras se quedaba como en estado de trance, echando un río de nostalgia por los ojos. Siempre decía es increyible cómo el yidish y el quechua se parezcan tanto, la música también se pareciya porque lálalalá tanta tristeza, lálalalá tanto dolor, lálalalá cuánta amargura, lálalalá por este amor... y no paraba de tararear la cancioncita hasta que se iba al trabajo. No le gustaban los valses peruanos (las marineras sí, porque era bien hincha del Alianza Lima y sus negros malabaristas de pelota), detestaba todo lo que fuese criollo salvo la comida. "Criollo tiene dos caras, decía acalorado, criollo hace la mosquita mueirta por delante y todo tiempo tratando de meterte dedo en tujes por atrás." O: "Criollo tampoco gusta trabajar, mucha cerveza, mucha jarana, pero trabajo ¡nada!", o "Peruano criollo como andaluz: mujer, guitarra y botella".*

*Según el viejo, los valses eran música de fascinerosos, chaveteros y polillas, nada bueino podiya esperarse de una gente que se pasaba la vida en bares y chinganas de mala muerte, todos antros de perdición donde no se haga de rogar carreta y pásese otro trago, que hasta las remaceeetas me quiero yooo poner, fíjese estoy compaaadre tan triste y amargaaado, por una mala heeembra que me hizo padeceeer, entonces el viejo se burlaba de tanto sentimiento barato, de tanto amor no correspondido con eso de no puedo más sufrir, me canso de esperar, los días son un mundo interminaaableee, no aumentes el dolor de quien te dio su amor, te ruego que me tengas compasioón; se reía a carcajada limpia da tanta huachafería como sin ti no hay amor, la vida es amarga y sin fe, ven que por ti yo moriré, por ti yo moriré, por ti yo moriré-é-é...y remedaba despectivo los así cholita, los qué bueno compadre, los por nuestra música criolla, que los intérpretes interponían entre estrofa y estrofa cuando dejaban de cantar y le entraban duro y parejo a la guitarra. Pero para la comida el viejo Karushansky era un criollazo de primera, si bien el doctor Berkowitz le había prohibido abusar de grasas y picantes por eso de que tenía demasiado alta la presión. De lunes a sábado mantenía una dieta estricta, sopita de pollo con cabellos de Angel y carne hervida con ensalada. Pero los domingos mandaba toda moderación a la mierda y se zampaba tremendos atracones desde el desayuno hasta la cena. Desayunaba tempranito en el Mercado Central, en el cafetín de un japonés que era un mago de los chicharrones y entonces el viejo se embutía dos o tres panes con chicharrón bien calientito y dos o tres tazas de humeante café. Después se iba a hacer las compras para la semana, más consciente del menú de los domingos que de los otros días que era cuando, no le quedaba más remedio, tenía que cuidarse la presión. Y el menú para el dominical almuerzo era casi siempre el mismo: seviche de corvina que lo hiciera llorar de tanto ají; cazuela, chupe de camarones o chilcano también con mucho ají; y por último seco de cabrito o arroz con pato con frijoles canarios y su salsita criolla de cebollas con mucho limón y ají molido al lado. Para remojar el gaznate nunca*

a y una piedra David mata a Goliat. Viendo muerto a su camp

*faltaba su buena botella de Tacama tinto o blanco según exigiera la ocasión. De postre siempre había fruta: uva Italia, sandía o melón que, según consejo u órdenes del viejo, había que comérselos con pan, que era como se comía la fruta en Europa porque así sabía mejor y además era un poquito inmoral, un lujo, comerse la fruta así nomás sin nada. Después del almuerzo el viejo se retiraba a su cuarto para dormir la siesta y no se le volvía a ver hasta a eso de las seis cuando salía en bata y chancletas, completamente despeinado, dando tumbos en dirección al baño. Después reaparecía rejuvenecido, atravesaba la sala tarareando una de sus canciones favoritas y volvía a meterse en el dormitorio asegurándose de que la puerta quedara bien cerrada. A eso de las siete salía otra vez del cuarto, impecablemente vestido, y abandonaba la casa rumbo a la de su hermano Aarón, que vivía en San Isidro con su mujer y tres hijos, dos niñas preciosísimas, la menor tocaba el piano, y un varón de lo más feo, orejón y flaco. En la esquina, a escasos metros de la casa del hermano, había una dulcería italiana que siempre abría los domingos y allí el viejo Karushansky se llenaba los bolsillos de chocolates, chicles y bombones para dárselos a sus sobrinitos que lo querían tanto, porque ¡qué tiíto tan bueno que tenemos!, y él primero un beso y un muy fueirte abrazo. Antes de la cena Rebequita se sentaba al piano y, dulce, nerviosita, graciosísima que era, tocaba "Sobre las olas", la pieza favorita del tiíto, que siempre le traía caramelitos tan ricos. Raquel, la mayor, se moría de la pica y trataba de ganarse al tiíto a fuerza de abrazos y besitos. Simón, cada día más orejudo y esquelético, no pintaba vela en ese entierro, pobrecito se acurrucaba en brazos de mamá, y ésta le pasaba la mano por el pelo sheine yingale, hijito lindo, sheine yingale, evitando encontrarse con los ojos de su esposo a quien nada le gustaban esas mariconerías. Para el viejo Karushansky el punto culminante de esas visitas domingueras era la cena, en cuya preparación su cuñada jamás escatimaba ni esfuerzo ni dinero. Llegado el momento todos se sentaban ceremoniosamente en torno a una mesa finamente adornada: botón carmín en pomo lleno de agua para cada comensal, servilletas maravillosamente bordadas, candelabro de siete brazos en el centro de la mesa, blanquísimo mantel y reluciente vajilla de plata, como si todos los domingos se festejase en esa casa el seder de Pesaj. Feliz el viejo Karushansky de cenar en unión de la familia aunque no se llevara muy bien con el hermano, ¿envidia le teniya? No, aunque no fuesen sus hijos igual podía disfrutar de sus sobrinos, que entendiyan todo lo que en yidish se deciya y estaban tan bien educaditos. Madre y anfitriona excelente su cuñada, mujer con mucha clase, combinación perfecta de matrona un poco tirada a la antigua y dama moderna y emprendedora, al extremo de haberle pedido al marido que le colocara una zapatería de señoras en pleno centro comercial de Lima. Como cocinera no tenía igual, no había en toda Lima mejor comida yidish que la que se servía en su casa, especialmente los domingos cuando, ante la mirada agradecida y nostálgica del viejo Karushansky, desfilaban todos sus platos preferidos, guefilte fisch con hrein y tajaditas de zanahoria, borscht con su poco de crema agria, riquísimos latkes con salsa de manzana y, por último, pollo asado con casha varnishkes. Después de la comida hablaban de negocios o de asuntos de familia, ese año andaban muy preocupados con las elecciones que ya casi tocaban a la puerta, y Aarón dale que dale con que todos los judíos tenían que votar por Prado, porque sabe Dios lo que el Belaúnde ése se trae entre manos...y su cuñada que le contara todo lo que había que contar sobre Marquitos, ¿qué tal en los estudios?, ¿todavía tiene problemas con el hebreo?, no te preocupes, ya se pondrá a la par con el resto de sus compañeros, ¿sigue teniendo dolores de cabeza?, a lo mejor es sinusitis, ¿no crees que sería bueno hacerle una consulta al médico? Y el viejo Karushansky, sí, teniya toda la razón, todo lo que deciya su cuñada era bueino, mujer inteligente era... Le hubiera gustado quedarse para siempre en casa de su hermano, pero una vez agotada la conversación comprendía que debía irse y entonces se despedía hasta el próximo domingo, fuerte apretón de manos al hermano, besos a los sobrinitos que ya estaban acostados, leve roce de labios en la perfumada y blanquísima mejilla de su cuñada y luego se escurría hacia la calle con cara de domingo en domingo te vengo a ver, ¿cuándo será domingo, cielito lindo, para volver? No regresaba a su casa hasta bien entrada la noche. Seguramente, pensaba*

*Marquitos, su padre se iba a reunir con los amigos; seguramente Gunn se lo llevaba a un bulín y le prestaba, correligionario, una de sus negras: altísima, bembona, de caderas ampulosas. En el bulín seguramente su padre ¿culeaba o no culeaba? ¿Y Samuelito? ¿Y don Jacobo Rapaport? Fácilmente podía imaginarse a Gunn montado sobre azabache y chúcara potranca, ¿no tenía acaso bien ganada fama de caficho? Mucho más trabajo le costaba imaginarse a su padre y a los otros viejitos encaramados encima de una negra, seguro que ya esos vejestorios no soplaban. Lo más probable era que se reunieran los domingos para tomarse unas copitas, echarse una partida de cun-cán y, en general, rememorar aquellos felices tiempos de la infancia, allá por esas tierras cuyos musicales nombres a Marcos tanto hechizaban.*

*Pero ya empezaba otra vez el melodioso zureo de las tórtolas: el dormitorio se llenaba de vaporosos zumbidos y los cuatro viejos, reunidos en torno a una pequeña mesa rebosante de comida, se columpiaban ágilmente al ritmo de la conversación. En la imaginación de Marquitos el idioma yidish ejecutaba, en boca de los cuatro viejos, una serie multiforme de piruetas: saltos mortales en los ij ken nisht, cabriolas en los du geveizn, volantines en los iz geshtorbn, elasticidad de contorsionista en el acuoso fluir de la cadencia. Al verlos abandonados a la bulliciosa plenitud del vino, picoteando uvas y aceitunas, engullendo galletas de soda con sardinas, remachando el tabaque de la alianza en torno a la mesa festiva de su padre, Marquitos tuvo la sensación de hallarse atrapado en medio de un ritual interminable, semejante a uno de esos viajes bíblicos en que había que vagar cuarenta días y cuarenta noches sin descanso. ¿Pero dónde empezaba y terminaba el viaje? ¿En el consultorio del doctor Berkowitz? ¿Siete días después, cuando le quitaran las suturas? En ese momento, segunda jornada de la travesía, Marcos presintió que ese rito tenía para largo, se salía del perímetro del cuarto, rebasaba la simple intervención de una fimosis, se bifurcaba por dos sendas que como meandros recorrían lechos pedregosos, se hundían en la tierra desovillando laberintos, luego atravesaban grutas con bóvedas que eran iglesia o sinagoga, y finalmente arribaban a un cruce de caminos, ¿donde padre e hijo se tornaban uno? Arrullado por las voces corales de los viejos, Marquitos empezó a adormecerse. Las figuras de los viejos, vistas a través de una pompa de jabón, comenzaron a borrarse y se evaporaron luego dejándole detrás de las pupilas un calidoscópico juego de colores. Antes de dormirse, alcanzó a distinguir la silueta de su padre que se sentaba a su lado para velarle el sueño cual imponente Abraham acuclillado en las puertas del infierno, para no dejar caer en él a todos los que llevaban la señal del pacto.*

# UNO

: Amigos aficionados : nuevamente aquí con ustedes, desde el estadio de José Díaz, para seguir con la transmisión de este sensacional encuentro : por el cual se definirá al Campeón Sudamericano de Fútbol de 1962 :
Recuerden : Brasil sólo necesita el empate para consagrarse como ganador indiscutible del torneo : Lo cual quiere decir que el equipo peruano debe reingresar a la cancha decidido a jugárselas todo por el todo : Y si es preciso, listo para romper cabezas : tal y como lo hiciera, en tiempos de los antepasados de Marquitos, el gran Sansón, encaramado sobre las murallas de Saksaywamán, contra los filisteos :
Pero para ello es preciso que Marquitos se reintegre al equipo : Marquitos Karushansky Avila : Toda la afición peruana te acompaña en tu dolor y no permitirá que te expulsen del colegio : Están puestas en ti todas las esperanzas de la Colonia : que anhela ver, como antaño, a otro militar judío en sus filas : Sí señores : como el Mariscal Rodrigo

r de 40,000 dólares : Regresa el Santos con Pelé a Lima : Huay

Ordóñez : de origen sefardita : ¡uno de los más destacados jefes de la conquista del Perú! : Porque ¿quién no conoce su historia? : Combatió en más batallas que Pizarro y Almagro, juntos : Recorrió guerreando desde Colombia a Chile : muy, muy al Sur : De joven fue uno de los cuatro captores de Francisco I, en Paiva : así como protagonista del saqueo de Roma : Finalmente, murió peleando contra Pizarro en las Salinas del Cuzco : Y, pese a tales hazañas, su nombre yace en injusto olvido : que, como todos sabemos, es el segundo sudario de los muertos : Amigos aficionados, ¡A LA VICTORIA UNIDOS! : ¡Y TOME SOL DE ICA! :

Ya van reingresando los jugadores de ambos elencos al terreno de juego : Se reanudarán las acciones dentro de escasos segundos y sabremos entonces si Marquitos ocupará o no su acostumbrado puesto de interior derecho : Camiseta rojiblanca número 8 :

Ahora los jugadores se colocan sobre el campo : Vistosa formación para que el teniente Aníbal Montenegro le pase parte al Coronel Director del Colegio Militar Leoncio Prado :

—A las 14 horas del día miércoles 22 de noviembre del año en curso :
el que suscribe : Teniente Aníbal Montenegro Marino :
Sorprendió a los cadetes Marcos Karushansky Avila y Javier Aranzani Ampuero :
Quinto Año :
Décima Sección :
escondidos detrás de un ropero en las cuadras de

na Cápac designa para sucederle a su hijo Huáscar : Afiánzan

la susodicha sección :
Por tanto : consciente del reglamento del colegio :
y debido a que la situación se le hizo sospechosa : el que suscribe llevó a los mencionados cadetes a la enfermería del colegio :
donde fueron sometidos a examen médico :
Realizado por el médico de turno, doctor Belisario Márquez, el examen reveló que :
los cadetes Aranzani y Karushansky habían cometido actos delictivos y claramente perjudiciales en contra de la moral leonciopradina :
Graves acusaciones justo en momentos en que el juez hace sonar su silbato dando inicio a la segunda parte del cotejo : Y efectivamente, señoras y señores, ahí vemos a Marquitos que ha ingresado en reemplazo de Tito Drago : ¡Frenesí! : ¡Kusi! : ¡Júbilo! : ¡Algarabía criolla en todas las tribunas! :
—¡Un latigazo por aquí : chajuí! :
¡Un latigazo por allá : chajuá! :
¡Chajuí : chajuá! :
¡Marquitos : Marquitos! :
¡Rah : Rah : Rah! :
¡Viva el Perú! :
¡Y viva Marquitos Karushansky Avila! : ¡Peruano cien por ciento! : nacido en la misma fecha en que los españoles capturan, cuatro siglos antes, al último Inca : Atahualpa : Ya está ahí Pizarro con sus huestes rodeando el estadio : Hace su ingreso Atahualpa, en andas, acompañado por su fiel y nobilísimo séquito : Ahora se le acerca el padre Valverde : le hace entrega de la Biblia en jugada

peligrosa : y le dice : "Esta es la palabra de Dios" : Atahualpa se lleva el libro a la oreja : frunce el ceño : "No oigo nada", dice, al tiempo que arroja la Biblia por los aires : ¡Qué insolencia, amigos aficionados! : Ahora el equipo español comienza a disparar sin misericordia : Caen centenares de indios por la grama y es capturado el último Inca : sin que el árbitro, Adonái Elojeinu, cobre la falta : ¡Mana nii atina la conducta del árbitro! : Pero ¡tukuy imapas manam wiñaypaqchu kausan, tukuymi tuquyniyok! : Es cierto : Todas las cosas no viven para la eternidad, todo tiene su fin : dice el Talmud... :

Sin embargo, señoras y señores, no hemos llegado aún al final de este partido : y pelota en poder del Perú : Terry entrega para Marquitos : Pase en primera para Vides : hace una finta : descuenta a un rival : devuelve para Marquitos : Seminario desplazado por el sector izquierdo : Marquitos avanza sobre las 18 yardas : Adelantada la delantera blanca y roja : Pelota sobre Seminario : Se corre por la punta izquierda junto al banderín del córner y desde ahí manda centro cerrado sobre el arco brasileño : Marquitos para con el pecho : dispara fuerte y medido a ras de suelo : ¡choca el balón contra el parante izquierdo! : cae sobre el área chica brasileña : varios jugadores se pelean la pelota : y, finalmente, despeja apresurado Zózimo sobre el medio campo :

¡Bien el equipo peruano! : Primera situación de peligro para la portería defendida por Gilmar : TOME INKA KOLA : LA BEBIDA CON

: Después de la décima plaga en que mueren todos los primogé

SABOR A PERUANIDAD : Señores padres de familia : he aquí un anuncio de vital importancia : ¿Desean levantar el espíritu de sus hijos y alegrarles el corazón? : ¡ENVIELOS A LA HAFLAGAH DEL BETAR! : Ante nuestros micrófonos, el betarí número uno : ¡Zev Jabotinsky! : para decirnos qué es el Betar :
—Una cosa me es clara :
El Betar no es un partido político :
No es una escuela :
No es un ejército :
Sin embargo, en él están comprendidas estas tres instituciones :
Pero hay algo más :
Hay un espíritu especial al cual aspiramos como ideal del hombre, de todo hebreo, de todo joven :
En suma : judaísmo, juventud, humanidad :
Sí Señores : Garrincha en poder del esférico : Pasa velozmente para Pelé : Marcador 3 a 0 a favor de Brasil : Marquitos se enfrenta a la Perla Negra : Le despoja la de cuero en titánico duelo futbolístico : Avanza Marquitos por la pista de desfile del Leoncio Prado : Cambiando de juego hacia el lado derecho : Corre Joya en procura del balón : Ataca Perú : Joya atrás para Alberto Terry : Terry cambiando pelota al centro sobre Marquitos : Pasa frente al Pabellón Central acompañado por el cadete Aranzani y el teniente Aníbal Montenegro : Se cierra la defensa carioca : Marquitos con lindo toque de cabeza para Vides Mosquera : que dispara en primera, rasante, al cuerpo de Gilmar :
Despeje de Gilmar hacia el medio campo : Balón

a la altura de la enfermería : No vemos por ningún lado al padre de Marquitos : No ha ingresado al terreno de juego para acompañar a su hijo en su dolor : en estos momentos en que se juega el honor nacional : Seguro debe andar otra vez metido en su cuarto : montañosa maleza llena de telarañas y polvo :

—Tu padre le tiene horror al vacío—dice, llevándose las manos a la cabeza, la mamá de Marquitos :

Y puede que sea verdad : porque es tal la maraña de muebles y cachivaches con que ha llenado la casa, que no se puede ni respirar : Un bosque es lo que parece : Sólo entra luz por la puerta del patio y están todas las paredes repletas de cuadros : láminas y láminas en colores de un sitio que don Yehuda dice se llama Israel : Y como queda bien lejos, del otro lado del mar, hay que irse en avión o en barco : Y dice también, la cara bien seria :

—Alguno día me iré : No sé cuándo : Kausayka mayu jinam que va a dar a la mar y no voy morirme ninguna manera en este país :

Así mismo lo dice : en esa manera tan rara que tiene de hablar : Y cuando se vaya lo va a hacer por barco : que de joven soñó con ser marinero y daría el oro y el moro por volver a tener dieciocho, veinte años y hacerse a la mar y ver mundo :

Eso es lo que dice en momentos en que Marquitos y su señora madre llegan a Lima : Mírenlos en sus pantallas : Allí están madre e hijo cargados de bultos : Ahí está también don Yehuda : Es la primera vez que va a ver a su hijo y se está preguntando si ha hecho bien en traerlo : De la tribuna de Occidente se ponen de pie sus amigos para decirle, a último minuto, que mejor lo deje en su pueblo : Pero ya don Yehuda no puede dar marcha atrás : Tiene deberes que cumplir y no puede así porque sí dejar abandonado a su hijo : Pero eso de bajo un mismo techo tener que vivir con Mercedes, madre de Marquitos, eso ya es otra cosa : y doña Mercedes lo que quiere saber es qué vela pinta ella en ese entierro : que si está en Lima es nada más por su hijo : loca como la tiene con la cantaleta de que lo lleve a conocer a su padre : Por eso, casi sin pensarlo, doña Mercedes dice que sí y entonces una buena mañana hacen el viaje : Marquitos es la primera vez que sale del pueblo : Pero Mercedes ya ha estado : un día que don Yehuda la mandó llamar y ella volvió diciendo : El gringo quiere que le lleve a su hijo : Sí amigos : el gringo : que así es como le dicen en la familia : ¡el gringo! : porque dice el abuelo que don Yehuda no es peruano sino de un país que queda lejísimo y donde hablan un idioma bien raro : Y hay que ver lo feliz que se puso el abuelo cuando Mercedes volvió de Lima con la noticia :

—¿Qué es lo que estás esperando—le dijo : ¿Que el gringo te venga a buscar? :

Y la abuela lo mismo :

—Yo, en tu lugar, ya estaría haciendo maletas : porque el gringo, con lo bueno y caballero que es, va a darte de todo :

¿No es eso con lo que siempre has soñado? :

Pero lo dice picándole la pelota : con sorna : clavándole a su marido una mirada de aguja : y de seguro pensando en lo que siempre les dice a sus hijos :

—¡Hombre más tacaño que este viejo de mierda no he visto! :

Amigos aficionados : es cierto : Porque con la miseria que el viejo le da para los gastos, la pobre tiene que hacer malabares para que nunca falte comida en la casa : donde el abuelo entra y sale como una sombra : igual que el padre de Marquitos que no aparece por ningún sector de la cancha : Llamado urgente por los altoparlantes del estadio :

—Señor Yehuda Karushansky : ¡Diríjase de inmediato a la enfermería del colegio! :

Escasos metros para que Marquitos llegue al dispensario : Hace su ingreso en el área chica : Pica pelota para el loco Seminario : Este manda centro bombeadito : Se arroja Marquitos de palomita : Cabecea : Felina estirada de Gilmar y : ¡Goooooool! : ¡Goooooool de Marquitos! : ¡Gooooooool peruano! : Lindo centro de Seminario y extraordinaria intervención de Marquitos cuando se jugaban cinco minutos exactos de la segunda etapa : 3 a 1 el score :

Comienzan a escucharse aires de marinera en el estadio para alentar al equipo peruano : El público zapatea en las tribunas : Nacen pañuelos blancos que se agitan al viento como palomas : Todas las tribunas del León Pinelo ahora preciosamente engalanadas en este día en que se celebra alegremente la Independencia Patria : ¡Yom Haazmaut! : Día de sol y alegría : Miles de personas van y vienen por patios y corredores comiendo anticuchos : Alumnos y alumnas se lanzan espontáneamente al campo de juego a bailar un tondero, una marinera, un sin par valsecito : Porque así somos los peruanos : jocosos : despreocupados : seres de profundo contraste : islas de vegetación en medio de un mar de arenas : valles impenetrables : nieves y montañas : Eso y mucho más somos nosotros : dice, en patriótico discurso, el Señor Director del León Pinelo :

—Ni hispanismo ni indigenismo puro :
Nos amamos junto a la bandera y al pie del altar :
Nos amamos en el templo que nos cobija y nos protege como en el propio hogar :
que recoge en el bautismo nuestros primeros vagidos :
que bendice nuestra alegría nupcial :
que nos recibe con ternura maternal después de la muerte :
Así es : ¡Que siga la jarana y TOME SOL DE ICA : EL PISCO DE NUESTROS ANTEPASADOS INCAS! :
Avanza Brasil por el sector izquierdo : Pelota en poder de Zagalo : Se embarulla con el balón el ágil puntero izquierdo : Se le escapa fuera del campo y el árbitro está sancionando tiro de meta para el equipo peruano : Recibe Seminario : Cambiando ahora hacia la media cancha para Vides Mosquera : Tiro de larga distancia...cuando surge Gilmar para hacerse del esférico : Medio campo : Pelé : Trata de

pasar entre dos defensores : Le quitan la pelota : Ataca nuevamente Perú : Terry : Otra vez servicio al lado derecho del campo : Muy largo el servicio de Terry en dirección de Joya : Apareciendo Didí : Busca a Garrincha por el lado derecho : Allá va el chueco : Buen rechazo de Soria : Va saliendo Calderón con la pelota : Atrás para Marquitos : Atento el médico del colegio : Marcación estricta en el terreno de juego : El teniente Montenegro no lo pierde de vista : Marquitos en poder del esférico : en profundidad para el cadete Aranzani : Médico y teniente le cierran el paso : Le ordenan, lindo con su carita de Sandra Dee, ponerse de rodillas : pecho pegado contra la camilla : El médico se prepara para ingresar a la cancha : Ahí se le ve calentando cuerpo : Primero, vigoroso masaje en el abdomen del cadete Aranzani : Formación dura en el campo : Corriéndose por la derecha, el doctor Márquez le entreabre los glúteos : Sudoración fría en el rostro de Sandra : Dilatación del ano : Pase en profundidad por parte del médico : Marquitos intenta escaparse por la derecha frente a la marcación del teniente Montenegro : Si logra atravesar la reja del colegio no podrán alcanzarlo : Sin embargo, Marquitos permanece sobre el sitio, paralizado : ¡Escápate por la izquierda!, aullan desesperadas las cuatro tribunas : ¡No te quedes ahí parado como un idiota! : ¡Corre a campo traviesa! : ¡El destino de nuestra Patria está en tus manos! : ¡Corre! : ¡Escapa! : Pero ¿maytam? : es la pregunta que anidan todos nuestros corazones peruanos : La respuesta, señoras y señores, es clara, inviolable,

e manos de Adonai las Tablas de la Ley : Se anunció la fecha d única : ¡A Israel! por supuesto : En barco, porque queda bien lejos : ¡Vamos, Marquitos : apúrate! : Ya zarpa el barco : Ya tu señor padre, colgado del muelle, te está despidiendo : agitando, cual grácil paloma, albiceleste pañuelo : ¡Falta que cobra categóricamente el árbitro! : que no permitirá que Marquitos abandone este suelo que lo vio nacer antes del pitazo final de este encuentro : Y recuerde : ¡NO DIGA ADONAI : DIGA WIRACOCHA! :

# DOS

: Nos lo dijo ese verano, ni bien regresamos del campamento : ¿Al Leoncio Prado? : ¿Estás loco? No puede ser : Que se dejara de cuentos : ¿A quién quería engañar? : Ya estábamos grandecitos : Pero el cholo, a nadie : la cosa iba en serio : Incluso ya llevaba un par de semanas preparándose para el examen de ingreso : Y nosotros ¡palero! ¿dónde? : Y él en una academia : todas las mañanas, de lunes a sábado : Y por la tarde se quedaba en la casa chancando :

Nos dijo que el examen era dificilísimo : Cada año se presentaban miles de postulantes de todas partes del país : costa, sierra y montaña : Entonces iba a tener que sacarse la mugre estudiando : Y nosotros qué cojudo, hermano : qué manera de desperdiciar el verano : ¿No era más bonito pasarse todo el día en la playa? : ¿No era mucho mejor ir a jugar fulbito al Hebraica? : Pero el cholo que no : que el León Pinelo ya lo tenía cansado : que con tal de salirse valía la pena cualquier sacrificio :

¿El León Pinelo? : No, por esa época ya figuraba entre los mejores colegios de Lima : Eso fue cuando nos mudamos de Jesús María a Orrantia : Un local verdaderamente precioso : Había costado un platal, pero tenía de todo, moderno : aulas perfectamente equipadas, bien amplias, entraba luz todo el tiempo : Tenía, inclusive, una cancha de fútbol :

¡Y qué cancha! : ¡reglamentaria! : Claro, ya no jugábamos apelotonados como antes, en el colegio viejo : Ahora corríamos como locos y podíamos meter cuanta bulla nos diera la gana :

Es cierto : sin miedo de que nos cayera encima una lluvia de cocachos : Además, esta vez, a la entrada, pusieron una estrella grandota : azul, de madera : Ya no había para qué escondernos : Se vivían otros tiempos : Habíamos entrado en una vida mucho más abierta, tranquila :

Pero así y esas, el cholo quería salirse : Lo único que nos dijo fue que ya no aguantaba más el colegio : ¿Por qué? : No sé : Difícil decirlo, pero habrá tenido sus motivos, ¿no? : ¿En los estudios? : Mire, yo diría que más bien flojo : se sacaba malas notas : Por poco se lo jalan en primero de media, ¿se acuerdan? :

Sí, ese año pasó con las justas : Tuvo que repetir, ese verano, uno o dos cursos : Se lo jalaron, si mal no recuerdo, en matemáticas :

Como que no tenía cabeza para los números, ¿no? : El profesor lo llamaba al pizarrón, le daba un problema y el cholo, pobrecito, se muñequeaba de lo lindo, no daba pie con bola : Garabateaba cualquier cosa en la pizarra, lo que le saliera : y después se sentaba con cara de ábrete tierra, muerto de vergüenza :

Sin embargo, en Historia Judía no había quien lo ganara : El mejor de la clase, se lo sabía todito : Y ahora que lo pienso me resulta bien raro porque en esa clase, que ni siquiera daban notas, el cholo se sacaba la madre estudiando... :

Y en Instrucción Pre-Militar, qué extraño, sucedía lo mismo : Era un curso ridículo : de profesor teníamos a un suboficial medio gordo, barrigudo, acholado, ¿se acuerdan?, con pinta de payaso :

Y el muy imbécil se creía que estábamos en el ejército : Nos lisureaba y mandaba como a soldados, pero nosotros lo poníamos inmediatamente en su sitio : ¡Oiga señor, un momento! : ¡Más respeto que aquí no está usted tratando con cholos! : El pobre se asaba : nos pedía disculpas : Por favor no lo tomen a mal, decía, bajaba la vista, estaba acostumbrado a la vida de cuartel, disculpen, es que a veces se me pasa la mano, muchachos :

Y como no podía hacernos nada, la rabia se lo comía por dentro : Pero el cholo Marcos todas esas huevadas se las tomaba bien en serio : Lo obedecía en todo, chancaba durísimo y, claro, se sacaba las mejores notas : ¡Miren ese porte!, decía el suboficial : ¡Aprendan de Karushansky! : El cholo iba camino de que en Quinto Año, para el desfile del 28 de Julio, lo nombraran brigadier del colegio :

Pero el resto de las clases parecían resbalarle como agua por espalda de pato : En el salón se las pasaba armando barullo y entonces lo mandaban al director a cada rato : Y había días que lo dejaban castigado hasta las cinco, solito : No, nunca le sirvió de escarmiento : Los castigos, nos decía dándoselas de muy valiente, le llegaban al pincho : Era bien raro el cholo : Hacía cosas bien extrañas : Un día, me acuerdo, trajo un condón a la clase, ¿se acuerdan? :

Claro : Nos tocaba hebreo, con el moré Zusman (le decíamos Rosita) : El moré se voltea a escribir unas vainas en la pizarra, el cholo saca su condón, lo infla, le hace un nudito, se levanta de lo más conchudo y lo pone sobre el escritorio de Rosita : ¡La cara que puso cuando vio el jebe sobre sus papeles! : Se muñequeó por completo, no le salían las palabras, coloradísimo : Ahí fue cuando soltamos la risa, pero el cholo, muy serio, alzó la mano y moré, me encontré ese globito en el suelo : Rosita se lo quería comer con los ojos : Y después por fin logró decir algo : ¡Sinvergüenza! : ¡Atrevido! : ¡Puerco! : ¡Dónde le habían enseñado esas cosas! : Lo sacó del aula a empellones, gritando ¡esto es el colmo!, ¡ahora sí que te vamos a expulsar del colegio! :

No, no lo expulsaron : El cholo se mantuvo en sus cuatro : No, señor, el condón no era suyo, se lo había encontrado en el suelo : ¡Qué huevos los del cholo! : Un verdadero pendejazo : En la clase no había una sola chica a quien la dejara tranquila : Las jodía a diestra y siniestra : Se les arrimaba despacito, como un gato, y ¡zas!, las agarraba del poto : les peñizcaba las tetas : O venía por detrás, calladito, y comenzaba a punteárselas... :

No, el cholo no era el único que hacía esas cosas :

Tenía su compinche : un tal Linzer, le decíamos el loco : Lo imitaba al cholo en todo : Era el muñeco del ventrílocuo : lo seguía a todas partes, parecía su perrito : Además era medio tarado y algo tartamudo : En los recreos sonaba el timbre y salía disparado al baño a hacerse la paja : Una vez lo chapamos con las manos en la masa y lo batimos bien duro, ¡pajero!, ¿qué es lo que estás haciendo ahí escondido?, vas a quedarte ciego de tanto hacerte la paja : Y él, con sus ojitos de murciélago legañoso, no, nada, simplemente orinando : Ahí también estaba el cholo y entonces salió en su defensa, era su pata, ya déjenlo en paz ¡carajo! : ¿Y sabe lo que hizo Linzer? : Eso sí ya nos dio vergüenza : ahí mismo se puso de rodillas y le besó la mano, ¿se acuerdan? : Marcos se lo quedó mirando con asco, con cara de oye, seremos amigos, pero no tanto... ¿no? :

No, el cholo las fregaba muchísimo pero ellas no se quejaban : Ahí nomás se quedaban con la boca abierta o ¿éste de dónde salió? ¿qué le pasa? : Un día, sin embargo, sucedió algo bien curioso : Estábamos en la clase de religión cuando de pronto se aparece el profesor Cuevas, le dice algo al rabino, bajito, así, al oído, y les hace una seña de vengan conmigo al loco Linzer y a Marcos : Que lo sacara así de buenas a primeras a Linzer no tenía nada de raro, porque Cuevas era el psicólogo del colegio : pero no podíamos explicarnos qué vela pintaba el cholo en ese entierro :

Es caso es que nos enteramos más tarde, cuando se lo preguntamos : ¿Qué pasó? : ¿Por qué te sacaron de la clase? : Se los habían llevado, a él y a Linzer, al Departamento Psicopedagógico : ¿Y eso? : Nada, Cuevas les había dado una especie de prueba : un montón de preguntas bien raras : juegos de palabras, adivinanzas : números, figuras geométricas : oraciones entreveradas que había que ponerlas en orden : ¿Y qué tal? ¿difícil? : Pero el cholo, ¡qué va!, cancha molida, una verdadera bicoca : ¿Y Linzer? : Linzer se había pasado todo el tiempo quejándose, que las preguntas eran demasiado confusas, que le dolía la cabeza, etcétera etcétera :

Entonces nosotros, ¿sabía por qué le habían dado esa prueba? : Y el cholo que no, pero tampoco le importaba, lo que quería saber era por qué carajo le hacíamos tantas preguntas : Y nosotros por nada, no te sulfures, hermano : Pero el cholo se nos quedó mirando de lo más sospechoso, como tratando de adivinar qué diablos estarán pensando estos tipos ¿no? :

Lo que pensamos fue que le dieron la prueba para ver si estaba o no loco : Porque no hay que olvidar que se la pasaba todo el tiempo molestando a las chicas :

Exacto : Y una de ellas debe haberse quejado, seguro :

Para mí que fue la Fanny : el cholo la tenía completamente aterrorizada : el muy desgraciado se le acercaba por detrás y ¡zas! le empujaba la mano por debajo de la falda : Y la Fanny, pobrecita, se volteaba despavorida y se lo quedaba mirando con los ojos bien afuera, a punto de que se le saltaran las lágrimas :

Por supuesto : siempre se lo decíamos : Hermanito, tienes que dejarte de hacer esas cosas : ésa no es forma de tratar a las hembras : Pero el cholo, qué saben ustedes de esas cosas, éramos unos niñitos, retrasados mentales, maricas :

Sí, estábamos en segundo de media cuando le dieron la prueba, y puede que por eso decidió cambiarse de colegio, ¿no? : Pero ¿al Leoncio Prado? : No salíamos del asombro, porque lo que se contaba del Leoncio Prado bastaba para ponerle a cualquiera los pelos de punta :

Mire : El Leoncio Prado era algo así como una correccional disfrazada de colegio : Ahí los padres los metían a sus hijos por incorregibles, para disciplinarlos : Tenía fama de ser un sitio para degenerados, para delincuentes : Loco había que estar, además, para pasársela interno haciendo vida de cachaco, lejos de la familia, de los amigos :

La verdad, no nos cabía en la cabeza : Pero la cosa iba en serio y una vez que nos dimos cuenta de eso, tratamos de disuadirlo : ¡No seas huevón, hermanito! : ¡Piénsalo bien! : ¡Recapacita! : ¡Qué no le dijimos! ¿se acuerdan? :

Primero, lo más importante : que en el Leoncio Prado no iba a encontrarse con un solo judío : que los militares eran unas bestias : que no iba a pasar un solo día sin que le sacaran la mierda : etcétera, etcétera : ¿Es eso lo que quería? : Pero el cholo no hacía caso, siempre contestaba con lo mismo : que éramos una sarta de maricas :

No, cuando entró al Leoncio Prado ya no vivía

en Breña : Se mudó con su viejo a una pensión que quedaba en el centro, en la calle Huancavelica : Creo que hacía esquina con Cailloma, ¿no? :

Sí, y la dueña de la pensión era una señora de la Colonia : En nuestras casas se tejían infinidad de rumores sobre ella : que cuando joven, recién llegada al Perú, había sido...¿cómo decírselo?... :

La palabra que buscas es puta ¿no? :

Esa es una palabra muy dura : después de todo estamos hablando de la mamá de Menajem : ¿Menajem? : El mejor madrij que tuvo el Betar : Había sido, antes de irse a Israel, madrij de nuestra kuvsá : Sí, de Marcos también : pertenecíamos todos al mismo grupo :

Pero volvamos a lo de doña Raquel, la mamá de Menajem : Cuando la conocimos ya tenía la pensión : Rayaría por los cincuenta pero se conservaba bien, ¿no es cierto? : Era una mujer buenamoza, rubia, el pelo le rodaba encrespado hasta la cintura : alegre, dicharachera : Le encantaba reírse : por cualquier tontería soltaba la risa : una de esas risas despreocupadas, francas, de muchachita traviesa :

Cuando Menajem se fue a Israel, doña Raquel se quedó a vivir con su hija : Shoshana : Y Shoshana, comparada con su mamá, era el reverso de la medalla : Bien rara : A veces Menajem nos llevaba los sábados por la tarde a su casa y Shoshana se la pasaba casi todo el rato metida en su cuarto y si salía, se nos quedaba mirando de lejos, con esos ojazos como ausentes, nostálgicos... :

Y después desaparecía aleteando los brazos como una mariposita :

¡Rarísima! : pálida, delgaducha, un poco pecosa : Por esa época Shoshana nos llevaría, a lo sumo, unos tres o cuatro años : Así que cuando el cholo se mudó a la pensión ella tendría, le calculo, unos diecisiete : Ya había dejado el León Pinelo : parece que la sacaron como en Tercero de Media, ¿no? : Seguro que por sus rarezas : Sólo con verla uno se daba cuenta de que le faltaban varias tuercas :

No, no : No era una loca furiosa : Tenía más bien una cualidad melancólica, qué sé yo...de heroína romántica :

Sí, misteriosa : rodeada por una aureola de honda tristeza, ¿no? : ¿Su viejo? : Sólo sabíamos que estaba muerto : Pero lo extraño es que nadie en la Colonia lo conocía : Ni siquiera de nombre : Y eso, claro está, se prestaba para que la gente supusiera una serie de cosas : entre ellas, que el padre de Shoshana (y también de Menajem) era el señor Karushansky : ¿Simples rumores? : ¿chismes de la Colonia? : ¡Vaya uno a saberlo! : Al cholo no se lo íbamos a preguntar, así que no había forma de averiguarlo... :

Bueno : la cosa es que el cholo se mete al Leoncio Prado y dejamos de verlo un tiempo bastante largo : Casi dos meses sin tener noticias de Marcos : Entonces un sábado, se aparece, de buenas a primeras, por el Betar : ¡Y uniformado!, ¿se acuerdan? :

Parecía un chocolatero : Sí, por el uniforme : lleno de botones y bordaduras por todas partes : imitación bien burda, bien huachafa, de los uniformes de las escuelas militares americanas :

Entonces Ackerman, que era el que más lo jodía, saca un sol del bolsillo y que le vendiera un "Sublime" : Nosotros pegamos la carcajada y el cholo ya, pues, no friegues : ¡Pero cómo no íbamos a fregarlo con esa pinta! : El pelo, para colmo de males, se lo habían cortado al rape y parecía un soldado prusiano : ¿Qué te pasó, hermanito, te agarraron durmiendo? : Y el cholo, bien serio, así le cortaban el pelo a todos en el colegio : ¿Por qué? ¿Eran unos piojosos? : Y Marcos ya basta, que no jodiéramos tanto :

Ahí fue cuando la cortamos, de verdad daba lástima : El pobre había venido uniformado para sobrarse, seguro para impresionar a las hembritas, pero le salió el tiro por la culata : Los otros, en cuanto lo vieron comenzaron a burlarse : ¿Y ese disfraz? : No sabíamos que ya estábamos en carnavales : ¿Dónde es la fiesta? : Tanto lo fregaron, que esa fue la primera y última vez que lo vimos con uniforme :

Sí, después seguimos viéndonos los sábados en el Betar, pero el cholo como que poco a poco se fue alejando, ¿no? :

Al comienzo casi sin que nos diéramos cuenta, pero con el tiempo se nos hizo bien obvio : Nos tienes olvidados, le decíamos, pero él que tenía otras cosas, que también tenía que verse con sus patas del Leoncio Prado :

Claro, nos contó un paquetón de cosas sobre el colegio : Te tienen frito ¿no es cierto? : No, estábamos locos : Desmintió, desde el comienzo, punto por punto, todo lo que nosotros le habíamos dicho :

¿Un infierno? : Se equivocan : Todo lo contrario : Había mejores profesores que en el León Pinelo : Y los oficiales, ¿le pegaban? : ¡Qué va! : buenísima gente, todos : Y los de Cuarto y Quinto, ¿abusaban? : No, no se permitían los abusos :

Así es : ¡Qué León Pinelo ni qué ocho cuartos! : ¿Cuál es el mejor colegio de Lima? : El Leoncio Prado : de lejos : Ni punto de comparación, mi hermano : ¿Que no? : A ver, el 28 de Julio, ¿qué colegio desfilaba con los cadetes de la Aviación, de la Marina y Chorrillos? : ¡Uno solo! : ¿Cuál? : ¿Cuál va a ser? : ¡El Leoncio Prado! :

Sobradísimo, igual que cuando nos hablaba de las maniobras : ¿Ustedes saben disparar? : ¿No? : pues yo sí : Y no sólo fusil sino también ametralladora, mortero, bazooka : Les estaban enseñando, además, a tirarse en paracaídas : No estábamos seguros si todo eso se lo inventaba, pero igual le decíamos que fuera a contárselo a su abuelita : Entonces el cholo se sulfuraba : No me creen ¿eh? : Está bien, no hay problema, un día de estos los llevo al colegio para que ustedes mismos lo vean : ¿Cuándo? : Uno de estos días, paciencia : Mentiroso, no lo hizo nunca :

Qué iba a llevarnos si el cholo era pura labia : como cuando prometió traer a la selección del Leoncio Prado para enfrentarse al León Pinelo : Ya van a ver lo que se llama buen fútbol, que comenzáramos a entrenarnos, les vamos a meter una goleada : ¿Y acaso la trajo? : ¡Qué va!, pura labia : Llegado el momento el cholo alegó que el Coronel no quiso darles permiso : como para de veras creérselo ¿no? :

No, nunca nos presentó a sus amigos del Leoncio Prado : Primero fue ¿quieren ir a una kermés que va a dar el colegio? : Después ¿quieren ir a una fiesta en casa de unos amigos? : Pero todo siempre se quedaba en el aire, nos salía siempre con las mismas excusas, perdonen, me olvidé avisarles, fue un descuido, juraba y requetejuraba que no lo había hecho a propósito, les prometo que para la próxima... :

No sé, a lo mejor le daba vergüenza :

Pero habría que preguntarse si de ellos o de nosotros ¿no? :

¿De sus amigos? : Que todos provenían de muy buena familia : vivían en Miraflores o en San Isidro, así que no eran unos cualquieras : Sus viejos tenían plata : Los sábados que no iba al Betar se iba con ellos al Country Club o al Regatas : se bañaban en la piscina, jugaban fulbito, le presentaban hembritas... :

Al lado del Regatas el Hebraica se quedaba chiquito, nos decía : En el Hebraica faltaban hembras : Y no paraba de hablar de los encantos de las hembritas peruanas : no se parecían en nada a las judías : las peruanas no eran tan santurronas, le entraban al cuento, les gustaba tirar su plancito, ¿se acuerdan? :

Y nosotros le dábamos cuerda : ¿de veras? : a ver, cuenta : Y entonces el cholo se desbocaba, como siempre, con sus historias : ¿Las peruanas? : ardientes, pura candela, riquísimas : ¿Pero lo soltaban o no lo soltaban? : Ahí el cholo se quedaba con la boca cerrada, nos guiñaba un ojo, así, con malicia... :

No, no le creíamos ni lo que comía, nada : Pero de todas formas le dijimos que queríamos conocerlas, ¿cuándo nos las presentas? : Y el cholo cuando quisiéramos, cualquier sábado de estos los llevo al Regatas : ¡Pura pala!, no lo hizo nunca :

No, con los muchachos peruanos casi no teníamos ningún contacto : y menos, por supuesto, con las muchachas : como que todos ellos vivían en otro mundo : paralelo al nuestro pero casi sin nunca cruzarnos : Difícil decir por qué, el hecho es que ellos tenían su vida y nosotros la nuestra, distinta : Sin embargo, el cholo sí se las ingeniaba para entrar y salir, a su gusto, de un mundo al otro : El no era como nosotros... :

¿A las chicas judías? : Ya no : Una vez que entró al Leoncio Prado dejó de fregarlas : Por esa época ya casi todos teníamos enamorada, salíamos en patota : al cine, al Tambo, al Cream Rica : Además, nos veíamos con ellas en todas partes y a cada rato : en el colegio, el Betar, el Hebraica : Y había que ver el miedo que le tenían al cholo, ¿no? : Se había ganado muy mala fama, no le daban pelota : Hubo un tiempo que se les declaró a toditas, una por una, pero ninguna aceptó ser su chica : Entonces, puro disímulo, decía para qué quiero yo salir con niñitas meonas, que aprendan primero a limpiarse el poto y vuelta con eso de que mucho mejor salir con peruanas : eran más sencillas, menos mañosas :

Le gustaba, además, meterse con las cholas, ¿se acuerdan? :

Eso era para orinarse de la risa : Venía a nuestras casas y se iba derechito a meterse en la cocina : Y ahí, con pinta de galán de telenovela barata, comenzaba a levantarse a la pobre sirvienta : que cómo te llamas, que dónde queda tu pueblo : ¿Tenía novio? Y en su día de salida, ¿qué hacía? : Y a nosotros que los dejáramos solos, no sean curiosos, me van a malograr la película : Entonces medio cerraba la puerta y se las palteaba de lo lindo el muy hijo de puta :

Bueno, eso era lo que él contaba : y con lujo de detalles, paso por paso : Primero, su buena sobadita de tetas : después, su metidita de mano, despacito, para no espantarla, por entre las piernas : Y entonces ¡abajo calzón!, me abro la braqueta y ya : Ya ¿qué?, saltábamos nosotros : Ya nada, decía indiferente el cholo y nos pasaba el dedo por la nariz, huelan, pajeros, y nosotros ahí con la lengua afuera, babeando :

No, nosotros no nos metíamos con las sirvientas, aunque ganas no nos faltaban : A veces nos caían en casa cholas jovencitas, chaposas, como manzanitas, bien ricas : Pero ¿usted se imagina lo que hubieran dicho nuestros viejos? : Les daba, de seguro, un infarto : ¡Plaf! fulminados, en el sitio : de la humillación, de vergüenza : ¿Es cierto o no es cierto? :

¡Seguro! : como ese día en mi casa ¿no?, cuando mi vieja lo agarró al cholo con las manos en la masa, besuqueándose a la sirvienta : Sí, estaban en la cocina, Marcos montado encima de la chola, sobre la mesa, ¿se acuerdan? :

¡Dios mío! : ¡El escándalo que armó tu vieja! : Lo pescó al cholo de las orejas, ¡canalla! ¡sinvergüenza!, ¡tas! ¡tas!, su buen par de sopapos, ¡salvaje! ¡desgraciado!, ¡fuera de mi casa! :

La verdad se lo tuvo bien ganado, porque eso ya fue pasarse de la raya, un insulto : Y eso que nosotros se lo habíamos advertido montones de veces, deja de hacerte el pendejo, un día de estos te chapan : Pero el cholo, como siempre, no importa, ¿qué me puede pasar si me agarran? :

Tenía razón : nada : excepto que desde ese día jamás se pudo aparecer otra vez por tu casa, ¿no? : Además, se quemó solito : seguro que nuestras viejas se corrieron la voz, porque después se aparecía el cholo por nuestras casas, y ellas lo miraban con desconfianza, como pensando cuidado con este muchacho, es mala influencia... :

Bueno, demasiado descarriladas no andaban tampoco, porque Marcos siempre fue mucho más agrandado que nosotros : Me acuerdo lo empeñado que estaba por llevarnos a México, un burdel gigantesco, arrabalero, de pueblo, que quedaba cerca de La Parada, ahí por las afueras de Lima : Al comienzo le dijimos que estaba loco, éramos unos mocosos : ¿Y si no nos dejan entrar? : Pero el cholo que ahí entraba cualquiera, no sean maricones, vamos :

Fuimos : Pero cagados de susto : De noche, un mundo de película : Filas y filas de tipos malcarados entrando y saliendo de los corralones como en un hormiguero : Y adentro : cuarto tras cuarto, la puerta entreabierta, asomando una cara, medio cuerpo, una pierna, mujeres para todos los gustos, de todos los colores y todos los tamaños : blanquitas, serranas, charapas, de todo : Nos guiñaban un ojo, papito, ven, entra, yo hago de todo, servicio completo : Y nosotros pellízcame, ¿estoy soñando? : Pero el cholo bien canchero, a ver, ¿cuál les gusta? : No, esa noche, de puro nerviosismo nos quedamos con las ganas :

Nos la pasamos de corralón en corralón toda la noche, nada más mirando : Y en una de esas ¿con quién cree usted que nos encontramos? : Nada menos que con el viejo de Marcos : No, lo vimos de lejos, entrando en uno de los cuartos : El cholo se quedó seco, petrificado, nosotros nos hicimos los sonsos, y él ya, vámonos, y nosotros, claro, no sabíamos dónde diablos meternos, lo seguimos :

No, nunca más regresamos a México con el cholo : En su caso nosotros hubiésemos hecho lo mismo ¿no? : Mire, se encuentra usted ahí con su viejo, ¿cree que hubiera regresado? : ¡Ni pensarlo! ¿No es cierto? :

# TRES

: Hace efectiva la falta Pelé : En dirección de Vavá : Entrega para Didí : Nuevamente sobre Pelé : Disparo a media altura que sale rozando el palo y saque de fondo para Perú :

Va a efectuarse el saque de meta por mediación de Guillermo Delgado, el León de José Díaz : Bajando bien esa pelota Marquitos : Va dominando la número 5 : Lo empujan desde atrás, Marquitos rueda por el pasto y el médico de turno sanciona la falta :

—A ver, ¿qué es lo que tenemos aquí?—dice el doctor Márquez haciendo sonar su silbato : Descuelga la ficha del catre y le da una rápida ojeada :

—Nada serio : la operación es sumamente sencilla : Primero vamos a cambiarte ese parche :

Marcos ha apretado los puños haciendo fuerza hacia abajo : Ahora se lleva la mano a la ceja :

—¡No te rasques!—interviene el médico cuidando de marcar el sitio exacto de la falta : —¿Qué pasó? ¿Te caíste? :

Marcos no contesta : El doctor le devuelve una

n en guerra por el dominio del Imperio, iniciándose la decade

mirada de pesadumbre : le aplica una pomada : le coloca otro parche :

—Ya está—dice alzando el brazo para que se cobre el tiro indirecto :

Va a cobrar el propio Marquitos : ¡Vamos muchachos! : ¡Adelante! : ¡Paso de vencedores! : ¡Por el Perú se ha dicho! : Disparo ceñido de Marquitos sobre el arco defendido por el Coronel del colegio : Buen despeje de cabeza por parte de Belini : Pelota fuera del campo : Lateral para Perú : Recibe bien Marquitos : Sale a marcarlo el teniente Montenegro : Momentos de peligro para el entreala peruano : Se enreda con el balón y quita fácilmente el teniente : Ahora hace un amague buscando por el sector izquierdo al padre de Marquitos que hoy, sábado, está en su tienda, y le ordena que se presente inmediatamente, de urgencia, en el dispensario : Momentos de indecisión por parte de don Yehuda Karushansky : Mientras tanto Marquitos, vilmente despojado del balón por Cañabrava, despega los párpados y sus ojos se topan con un velo borroso : ¡la gasa del mosquitero!, amigos aficionados : Ahora se queda con la mirada fija en el umbral de la puerta a la espera de que se aparezca su padre :

—¿Por dónde andará el viejo?—se pregunta Marquitos :

Y ante esa pregunta, desoladora, acuciante, imagina a su padre en medio de un paraje desierto, tendido de espaldas, yerto, cubierto de polvo : Marcos siente un sudor helado en el cuerpo : Cierra los ojos y se le llena la cabeza de voces que prorrumpen sin freno de bocas que se agitan en borras-

ncia del Tawantinsuyo : Gladys Zender es coronada Miss Uni

coso vaivén desde las cuatro tribunas : Norte, Sur : Occidente y Oriente : Millares de bocas que le muestran sus labios estirados, carnosos, formando una enorme ola violácea que se encrespa burlona, insidiosa, en una misma respuesta :

—Tu padre no vino porque está cuidando la tienda—ruge el estadio arqueándose en una mueca grotesca, que luego revienta en espumoso estallido de risas : Sí señores : ¡la fiebre del fútbol en su máxima expresión en este estadio! : Todas las tribunas gritando insistentes ¡Perú! ¡Perú! ¡Perú! : Y ahí vemos en cámara a Marquitos doliéndose, en momentos en que de nuevo comienzan a oírse las voces : susurrantes, tenaces, haciéndole ahora un largo recuento de cosas : de todas las cosas que median por todos los sectores de la cancha entre él y su padre :

—¿Cuántas veces tengo que decirte que sólo te juntes con tus amigos judíos?—dice don Yehuda :

Y es cierto : mucho se va el equipo peruano por el lado derecho :

—¡Te me vas derechito a la casa y no quiero volver a verte hablando con esos maleantes! :

El técnico peruano se muestra preocupadísimo :

—Porque un día hago maletas y me mando mudar para siempre y ya nunca me encuentras :

Encimando mucho el equipo brasileño y jugando ya hasta con alevosía : El nerviosismo se palpa claramente : No es éste, señoras y señores, partido apto para cardíacos : El árbitro del cotejo, Reb Goldstein, diplomado en Jerusalem y máxima au-

verso : Muere David y sube al trono Salomón : En vistosa cere

toridad en el terreno de juego, con una gran responsabilidad en sus manos : ¿Es o no es judío Marquitos? : No puede seguir permitiendo ese juego malintencionado, violento, en contra de nuestro gran entreala patrio :

Se reanudan las acciones de este electrizante encuentro : El servicio es para Vides Mosquera : Seminario en la proyección : El retroceso para Marquitos : Buscando afanosamente a su padre, que no llega : Recupera Brasil : Didí con la pelota en la marca de 20 minutos, segunda etapa : Habilitando a Vavá : Viene el cruce de Vavá y ahí salta Pelé de cabeza y miren ustedes con qué tranquilidad, qué soltura, detiene Montenegro : Atento Marquitos : Mirando su cronómetro el referí del cotejo : Cinco mil años de historia judía marca el reloj del estadio : Recibe Marquitos a media altura : Miren ustedes la prestancia del muchacho : ¡Con qué sabiduría ancestral para esa pelota!...cuando pele vafele, milagro de milagros, sombra que se aparece en la puerta del dispensario : Allí hay un fuera de lugar que convalida el juez de línea : Tiro libre que realiza Belini entregando para don Yehuda : Este cruza el umbral y avanza cabeza gacha, cuarenta noches con sus cuarenta días, lentísimo, el viejo : Ya se va acercando a la cama de su hijo : Encuentra el camino abierto : Ahora el viejo hace rodar una silla y se sienta : Espera de siglos : Recorte defensivo por parte de Marquitos que se tapa con la frazada : Desvía la mirada : Silencio confuso entre padre e hijo : Mirada de lejanía en los ojos del viejo : Marquitos al borde de quitarle el

monia en que se izaron las banderas del Perú e Israel se inaugu

esférico : Ya casi le pide que lo tome de la mano : Ya casi le ruega que despeje la ansiedad que inunda su pecho : Pero don Yehuda forcejea, se agita en la silla, se cruza, cual imponente Abraham, de piernas y brazos : Balón en el aire : Sobre la raya :

—Próximo sábado comienzas prepararte para bar mitzvah—dice don Yehuda tratando de tranquilizar la de cuero :

Palabras que Marquitos recoge lleno de asombro : Con el mismo asombro de todos nosotros : Porque ¡vergüenza debiera darle de no preocuparse por la lesión de su hijo! : que acusa dolorosa fractura en el pecho :

—¿Cómo es posible cosas como estas pasen en colegio? : ¡Peor que animales! : ¿Quiénes fueron? : ¿De Cuarto o Quinto? :

—De Tercero—dice Marquitos haciéndose de la pelota : Su padre lo persigue de cerca a la altura de la media luna :

—¿De Tercero? : ¿Seguro no me estás engañando? :

—No—defiende débilmente el muchacho :

—¿Y por qué te pegaron? :

—Fue una pelea : me estaban insultando :

—¿Insultándote? : ¿Cómo? :

—Me dijeron judío de mierda... :

¡Muy bueno, directo, el disparo de Marquitos tratando de sorprender al arquero! :

—No es nada te digan judío de mierda—detiene don Yehuda en ágil y felina estirada : —Si te dicen judío de mierda no importa : Y si misma cosa pasa otra vez no peleas : Te haces tonto y sigues tu cami-

ró la 25ava majané del Betar : Salomón comienza a edificar su

no : Eres único yid en colegio y mejor no meterse en problemas :

Sí señores : nueva falta cometida en perjuicio de Marquitos, que cae rodando, como por una cuesta arenosa, herido de humillación y vergüenza, por el terreno de juego : Porque ¿quién no sabe, amigos aficionados, que los judíos no pueden ver sangre? :

—Sin embargo—salta felinamente desde Occidente el Director del Pinelo—, miren ustedes el número de cirujanos que ha dado, a través de su historia, nuestro colegio :

Y es así que, como todos los sábados a esta misma hora, Helen Curtis pregunta, por 64,000 Soles Oro, qué es ser judío y/o peruano : Conteste esta intrigante pregunta y pase a la segunda ronda de este nuestro sensacional concurso :

Veamos : Ser judío y/o peruano es :

Un Ser :

Un Estar :

Una Ester :

Es pertenecer a un país de contrastes :

Es al traste con el país :

Es provenir de Mame Judía :

O de Jodida Mamá :

Es prevenir a una Madre Judía :

Es pertenecer a una raza :

Es rezar por las pertenencias :

Es buscar una orientación espiritual :

Es encontrarse un espíritu desorientado :

Es un pueblo :

Es una religión :

Es poblar una región :

templo en el monte Moriá : Prosigue la obra de construcción.

Es una integridad de razas :
Es arrasar con la integración :
Es Sionismo :
Cinismo :
Nonismo :
Es un desatino :
Un destino :
Una necesidad :
Necedad :
Una Historia :
Una Histeria :
¿Qué es? :
Marque con una Cruz (o con una Estrella) la definición que considere correcta, y pase a la segunda vuelta de nuestro genial concurso Helen Curtis pregunta por 64,000 grushim oro, transmitido hasta vuestros hogares por este su Canal 4, primero en sintonía en todo el Perú : que ahora mueve la pelota por mediación de Marquitos :

Marquitos busca desprenderse de la pregunta : Salen a marcarlo el rabino Goldstein y el padre Camacho : Forcejeo en el sector izquierdo del campo : Marcación hombre a hombre por parte del equipo carioca : Marquitos entrega equivocadamente para don Yehuda : Este se embarulla con la pregunta y devuelve apresuradamente para Marquitos : que descuenta con agilidad al rabino, deja regado por la grama al padre Camacho y dispara de izquierda...y don Yehuda se ve forzado a despejar con el puño :

Balón nuevamente en poder del equipo peruano : Soria : Pase adelantado para Vides Mosquera :

del shil y de la nueva sede de la Unión Israelita en la cuadra 15

Busca desplazarse por el ala derecha : Jugando bien Perú : Vides entrega de taquito para Terry : Atrasa para Calderón : Joe en profundidad para Marquitos : Ingresa al área chica perseguido por dos contrarios : quiebra : cruza la línea demarcatoria del Río Jordán : la del Rímac : se coloca el balón en la pierna derecha : Disparo rasante y... ¡Goooool! : ¡Gooooool de Marquitos : Karushansky : Avila! : ¡Gooooool! : ¡Cómo se quedó parado, estático, como una estatua, el rabino Goldstein! :

Segundo gol peruano, señoras y señores, cuando transcurrían 25 minutos del segundo tiempo : Marcador 3 a 2 favorable a Brasil : USE KOLYNOS Y SONRIA: ¡Se agitan las banderas en las tribunas! : ¿Blanquirrojas? :¿Albicelestes? : Y miren ustedes la cara de felicidad del Presidente peruano, Excelentísimo Señor don Manuel Prado, sentado a la diestra del Señor Coronel Director del Colegio Militar Leoncio Prado : celebrando, con patriótica unción, la segunda conquista del cuadro nacional : Sí señores : Cantemos todos en coro :

—Levantemos la insignia peruana :
Más arriba que la Cruz del Sur :
Y su estela será en nuestro cielo :
Un camino de gloria y de luz :
Y recuerde : TOME INKA KOLA : LA BEBIDA PERUANA MANUFACTURADA POR MANOS PERUANAS DE TODO EL PERU : SIERRA : COSTA : Y MONTAÑA :

Amigos aficionados : Con este gol de extraordinaria factura Marquitos acaba de demostrar-

de la avenida Brasil : Decenas de personas detenidas en el esca

nos su inmenso amor por esta tierra hija del Sol donde el indómito Inca prefirió vivir : Y si esta tarde el Perú consigue la victoria, seguro que ya no lo expulsan del colegio : En su magno sacrificio por la Patria, Marquitos olvida su dolor y sale a la cancha a darse por entero : Máxima gloria del Perú este muchacho : Combina la cerebralidad hebrea con la resistencia física de nuestro indígena : Sí señores : ¡Cabeza en Jerusalem y corazón en el Cuzco! : Y lleguen hasta sus amantes padres nuestras más sinceras gracias por haber brindado a nuestra Patria un futbolista del talento incomparable de su hijo :

Alineado ahora el equipo brasileño para efectuar el saque de gol : En la portería, doña Mercedes, madre de Marquitos : El doctor Berkowitz en la punta izquierda : El rabino Goldstein jugando de interior derecho : El padre Camacho en su habitual puesto de mediocampista : El doctor Márquez de marcador de punta : El señor Yehuda Karushansky de centro delantero : Arbitro del cotejo : Teniente Aníbal Montenegro :

Suena el silbato y Pelé atrasa para Zito : Abriendo a la derecha para Garrincha : Se corre por la banda a gran velocidad y luego manda centro sobre Vavá : Pero ahí sale bien Guillermo Delgado y despeja de cabeza : Recupera Perú : Benítez con la pelota : En diagonal para Joya : Joya atrás para Calderón : Rotando bien la pelota el equipo peruano : Recibe Marquitos : ¡Qué bonito lleva el esférico! : A ritmo de marinera : Y ahí entra Belini con todo, a la pierna, pero Marquitos, con ágil movimiento de cintura, lo descuenta : Se va acercando a las 18 yardas : La marca de Nilton Santos : El ritmo del partido lo lleva Marquitos : taconeo : toque de cajón : En Laredo nació Dios y en Trujillo la Virgen María : Arremete Nilton Santos con fuerza : Marquitos le pasa la pelota por entre las piernas : Sale a buscarlo el padre Camacho : Se le cruza tratando de crear obstrucción, que Marquitos evita corriéndose hacia el centro del campo, donde se estrella contra el rabino, que le comete una falta clarísima y Marquitos cae de bruces sobre el terreno de juego : ¡Esto es imperdonable, amigos aficionados! : Los brasileños regalando a diestra y siniestra patadas, empujones, codazos, y el árbitro no cobra nada! :

Esto ya no parece un partido de fútbol sino ignominioso evento pugilístico : Y la cancha : ¡verde cuadrilatero! donde Marquitos hace su ingreso para la pelea estelar de la noche : En una esquina, los brazos sobre las cuerdas, Cañabrava lo observa con aire de burla : A escasos metros del entablado ondula un mar de cabezas plomizas : Un cielo denso flota por encima de ellas semejando un toldo arrugado : Suben ahora al ring tres figuras encapuchadas : que son recibidas por una ensordecedora salva de aplausos : Se quitan las capuchas y Marquitos reconoce a los tres cadetes de Quinto : Se acerca el teniente y toca el pito dando por iniciado el encuentro : Los de Quinto se despliegan en abanico tratando de rodearlo : Marcos no siente miedo : los mira sonriente, tranquilo : Ellos se le abalanzan y él los esquiva brincando ágilmente

tra de visita en los Estados Unidos : Se reúne Junta directiva d

hacia atrás : a los lados : por sobre sus cabezas : Los de Quinto rebotan contra las cuerdas : aullan de furia : y vuelven a arremeter con los puños en alto : Ahora lo tienen acorralado en una esquina, pero Marcos se les escabulle por entre las piernas : Las vacas se lanzan nuevamente al ataque : enormes, ensortijados cuernos parecen brotar de sus cabezas : mugen desesperados : embisten bajando la nuca : Pero no consiguen dar en el blanco : Señoras y señores : Miren cómo Marquitos los elude con fintas felinas : moviéndose sin cesar de una banda a la otra : ¡Primer round y ya están mareadas las vacas! : Se les enredan las piernas : trastabillean : caen de bruces contra las tablas : en momentos en que el teniente hace sonar su silbato y separa a los jugadores previniendo que se arme una trifulca en el terreno de juego : PARA EL DOLOR DE CABEZA : MEJOR MEJORA MEJORAL :

Marquitos, sin embargo, continúa lesionado sobre el campo : Y vemos que ahí Cañabrava se le acerca indicándole que se levante, posición ángulo recto y basta de teatritos : Pero no, señores : Marquitos no está haciendo ningún teatro : su dolor es real, impoluto, sagrado, ecuménico : Y si quieren ver buen teatro, no se pierdan, esta noche, el estreno de la obra más importante del año : "Judío" : rebosante de dramatismo, emoción, alegría, risas y lágrimas : Localidades a la venta en la sinagoga de la Brasil : Función única a las 8 P.M. en el teatro Colón, sito en pleno corazón de Lima : esquina Plaza San Martín con calle Huancavelica :

Y ahí ya vemos cómodamente sentados, en la

primera fila de cazuela, a Marcos y a don Yehuda : aguardando con visible impaciencia que empiece el cotejo : ¡Son los únicos judíos de Lima presenciando el estreno! : Mueren ahora las luces y se abre el telón :

Primer acto : Ingresa al terreno de juego un hombrecillo encorvado, de gabán negro hasta los tobillos, maleta amarrada con pita y nariz de descorchador : Rápidamente pide habitación : La dueña lo conduce escaleras arriba hasta el fondo de la pensión : A continuación se suceden una serie de escaramuzas sin mayor importancia : Jugándose ahora las postrimerías del primer acto : cuando vemos que el de la nariz ganchuda, mediante finta fraudulenta que no queda muy clara que digamos, y que la máxima autoridad en el terreno de juego no cobra, se ha adueñado de la pensión : La antigua propietaria le trabaja ahora de sirvienta : ¡Preciosa jugada que los espectadores de las cuatro tribunas aplauden con entusiasmo mientras cae el telón! :

Segundo acto : El de la nariz de garfio, luciendo ahora fino terno de lanilla a rayas, y zapatos de charol, maneja eficientemente, en su nuevo papel de brujo de las finanzas, varios teléfonos : desgarradora escena en la que se confunden la compraventa con los problemas de familia : Hija a punto de casarse con un goy : Hijo estafador buscado por la policía : etcétera : etcétera : El acto finaliza con gesto de preocupación y derrota por parte del empresario :

Tercer acto : El de la nariz de tirabuzón, ya

ica : Haflagáh del Betar se realizará en playa de Chilca, para lo

anciano, cabeza cana y rostro surcado de arrugas, yace agonizante en su lecho de enfermo : Lo rodea la familia : Con gran dificultad el viejo entreabre los párpados y dice, con voz de ultratumba :
—Moishe, ¿estás aquí? :
—Sí, papá. Aquí estoy :
—¿Y tú, León, dónde estás? :
—Aquí, papá, a tu lado :
—¿Y tú, Raquel, hija mía? :
—También estoy yo, papito :
—¿Y tú, mi querida esposa? :
—Todos estamos aquí contigo, Jacobo :
—Entonces ¿quién diablos está cuidando la tienda? :
¡Primer chiste judío de Marquitos en Lima! : Pelota que le cae de sorpresa, como una bomba : Y ahora, desconcertado por las traidoras risotadas que llenan todas las graderías del estadio, no sabe qué hacerse con el balón y entrega equivocadamente para el rabino que, en preciosa jugada de pared con el padre Camacho, consigue entrar en el área peruana dejando en completo ridículo a nuestro muchacho : Se cierra la defensa : Sigue avanzando el rabino con esa tenacidad propia y característica de los judíos : Entrega ahora para Pelé : que elude a Guillermo Delgado y saca potentísimo zurdazo que se estrella en el travesaño para luego perderse fuera del campo : ¡Se salva el Perú! : Pero, señoras y señores, ya es hora de poner coto a este río de burlas y carcajadas que ha inundado el estadio : Porque burlarse de Marquitos en estos momentos en que se juega el honor nacional

cual se nombró mefaked al javer Samuel Furman : Golda Mei

es, simple y llanamente, una imperdonable traición a la Patria : ¡Esta también es su tierra y lo enterraremos en ella! : Amigo aficionado : ¿Quiere usted sentirse como en su propia casa? : Visite entonces nuestras INMOBILIARIAS SION S.A. Y ADQUIERA, a precios módicos y con amplias facilidades de pago, un terrenito, el suyo, propio, inconfundible, en TIERRA SANTA : ¡Y QUE SIGA LA BOLA! :

# CUATRO

: Nos dijo que vivía en San Isidro, en los Pinos, primera cuadra, pero nunca vimos su casa : No, ni siquiera por fuera : Y eso que casi todos nosotros vivíamos por esa zona : cerca del campo de Golf o pegados al Country :

A unas cinco cuadras de donde Karushansky dijo quedaba su casa : Sin embargo, nadie lo conocía ni lo habíamos visto nunca en los sitios que nosotros frecuentábamos por esa época :

Por eso mismo no sabíamos si creerle o no : La pescó, y entonces cambió de letra, no, dijo, lo que pasa es que me acabo de mudar de barrio, antes vivía en Jesús María, junto al Club Hípico, ¿no? :

Entonces ¿por qué cuando salimos del colegio tú tomas otro ómnibus? : Lo que pasa es que me voy al centro a ver a mi viejo, decía el judío : Según él, su viejo tenía una tienda de telas, la más grande de Lima, todas importadas, casimires de Escocia, lanillas inglesas : ¿De veras? : ¿Dónde queda? : Y él, en pleno Jirón de la Unión, esquina con Ica : Pero como se pasaba la vida tratando de impresionarnos, no sabíamos si creerle o no :

Y nosotros, a ver, ¿cómo es que nunca se te ve por el barrio? : Y él que sábados y domingos iba a verse con sus amigos judíos : Ah, será por eso que nunca te hemos visto en las matinés del Orrantia, le decíamos nosotros, mirándolo así, sospechosos :

Nos habló de un sitio donde se reunía con sus amigos judíos los sábados : Una especie de club donde los preparaban para irse a Israel : ¿Y los domingos? : Los domingos me voy al Hebraica, un club, decía, sólo para judíos, acabadito de construir en las afueras de Lima, enorme, con cancha de fútbol, piscina, mucho más grande que el Country, el Regatas... :

Eso era lo que decía, bien orgulloso, sobrándose : Igualito que cuando nos hablaba de su famoso León Pinelo, ¿no? : ¡El mejor colegio de Lima!, decía : Y nosotros, claro, le discutíamos, defendíamos a nuestros antiguos colegios : ¿Y el Champagnat? : A ver ¿qué nos dices del Roosevelt, el Lincoln, La Salle? : Y el judío que todos esos colegios se quedaban enanos junto al León Pinelo : A ver digan, ¿cuántas veces nos habíamos ganado el Sol Radiante en los desfiles del 28 de Julio? : ¿El León Pinelo? : Tres años seguidos, por si no lo sabíamos :

Y también, ¿cuántos idiomas enseñaban en nuestros colegios? : ¿En el León Pinelo? : cinco : inglés, hebreo, francés, alemán y ruso : A ver dinos algo en ruso : Y el judío pan comido, el ruso lo vengo hablando con mi viejo desde chiquito : ¿Que no sabían que mi viejo era ruso? : Y no sólo eso sino que hablaba diez idiomas : Y ahí mismo se soltaba un par de vainas en ruso que más sonaban a quechua que a otra cosa ¿no? :

Y nosotros, para fregarlo, ¿cómo se dice conchetumadre en hebreo? : Pero el muy sonso no la captaba, lo decía bien orondo, sacando pecho : Si nos estaba metiendo el dedo, no lo sabíamos : Había criado fama de palero desde el principio y por más que jurara y requetejurara no le creíamos :

Como cuando se lo llevaron una vez a la enfermería y después se corrió la bola que le habían partido el alma entre varios de Quinto : A los tres días volvió a la cuadra hecho una lástima, pobre, parchado, la ceja hinchada : Claro, tratamos de consolarlo : ¡Hermanito, mira lo que te hicieron esas vacas conchesumadres, hijos de puta, abusivos! : Y él ¿pero de qué mierda están ustedes hablando? : ¿Quién les metió ese cuento? :

¿Y sabe lo que nos dijo? : que se había trompeado con dos de Quinto : ¿De Quinto? ¿Dónde? : En el malacate : ¿Con cuántos dijiste? : Dos : ¿De qué Año? : De Quinto : ¡Imposible! : Sí, así mismo se lo dijimos, palero, anda a contárselo a tu abuelita : Y el judío si me creen o no le daba lo mismo : ¿Y cómo fue que diste a parar a la enfermería? : Nos dijo que no se acordaba, se había desmayado, ¿que no veíamos que se había partido una ceja? :

Una historia increíble ¿no? : porque ¿de dónde iba a sacar agallas para mecharse con dos de Quinto? : Mire, ni siquiera Vega, un cholo grandote de nuestra sección, maceta, con ínfulas de matón, se hubiese atrevido a tanto :

143

¿Vega? : Un hijo de la gran puta, un hampón, abusaba con todos... :

Pero más con el judío que con cualquiera de nosotros :

Es cierto: lo tenía pisado : Una tarde, me acuerdo, el judío tenía salida extraordinaria y estaba poniéndose el uniforme cuando de repente Vega ¡pun! pega un salto, como un gorila, y ¡plaf! se planta delante del ropero de Karushansky, manos en la cintura, desafiante : Y en eso le dice ¿Nos vamos a mechar aquí o en el baño? : El judío se quedó patitieso y Vega mirándolo como si quisiera comérselo, así, achinando los ojos : Ya todos nosotros habíamos parado la oreja, aquí hay mechadera, dijimos, vamos a ver qué pasa : Y otra vez Vega ¡Judío maricón! ¡Contesta! :

Y Karushansky, completamente achicado, ahora tengo que irme a mi casa : Si quieres, nos trompeamos mañana : ¿Mañana?, dijo Vega haciendo ademán de aventársele encima : Ahí el judío se tapó la cara con los brazos, pero Vega, en vez de pegarle, se volvió hacia nosotros : ¿Oyeron eso? ¡Maricón! : Y de nuevo, enfrentándose al judío, Mira, conmigo no te hagas el pendejo : ¡Nos mechamos ahora mismo! : A Karushansky se le puso la cara como una sábana : De veras, hermanito, ahora no puedo : Se le notaba en la voz que estaba muerto de susto : Entonces Vega le descargó una mirada así mezcla de burla y desprecio ¿no? : ¡Judío maricón! : ¡Mírenlo nomás cómo tiembla! : Karushansky no movió un solo músculo y Vega seguía haciéndolo pedacitos con la mirada, retorciendo la boca : Nosotros ni nos movimos : Y por fin el judío dijo algo : No entiendes, dijo, me llamaron del hospital, mi viejo se está muriendo : Cuando oyó eso, Vega se muñequeó : se lo quedó mirando con cara de mono, el ceño arrugado, rascándose la cabeza : Entonces alzó los hombros, se dio media vuelta y fue a tumbarse en su cama : El judío aprovechó para acabar de cambiarse y sin mirar a nadie salió disparado de la cuadra :

Volvió al otro día, los ojos por el piso, algo andaba mal, se veía de lejos : ¿Tu viejo?, le preguntamos nosotros : Y él, sí, seguía en el hospital, cáncer al estómago, le quedaban apenas unos meses de vida : De ahí en adelante Vega dejó de fregarlo, ni lo miraba, no era tan bruto el cholo como creíamos... :

No, nunca supimos qué pasó con su viejo : Ninguno de nosotros se atrevió nunca a tocar el tema : Un padre enfermo, muriéndose, era para nosotros, muchachos, cosa muy seria : Así que si se murió o no, nadie lo supo :

Pero le estábamos hablando de la supuesta pelea de Karushansky con los de Quinto : Sucedió que desde entonces se produjo en el judío un cambio : Se puso más canchero : Cierto que como a todos nosotros, lo seguían jodiendo, pero aprendió a ser un poco más sapo, ¿no? : Antes, recordará, se salía de la fila ni bien lo llamaban : Ahora ya no, se hacía el cojudo, seguía de largo :

Es cierto : incluso comenzó a estudiar menos : pero seguía sacándose buenas notas : Ese año salió Cadete Distinguido tres veces seguidas y hasta fue

brigadier de la sección un par de bimestres, ¿no? :
 Y nosotros lo batíamos duro y parejo porque ¿cómo hacía para sacarse esas notas sin estudiar? : ¿Noventa en química y sin chancar? : ¿Cómo era eso? : Sucedía que el profe de química era medio marica y entonces nosotros le preguntamos si se lo estaba tirando : Y el judío bien serio, claro, ¿no lo sabíamos?, se lo tiraba en el baño : ¿Cuándo? : En los recreos : ¿Rico? : ¡Riquísimo!, decía el judío : ¿Ve? : Ya no se dejaba fregar, se volvió más pendejo :
 Fue ahí cuando lo dejamos entrar a nuestro grupo : Aunque, la verdad, ya poco a poco él se había ido colando : Al comienzo, un poco tímido, pero después conchudísimo : Nos seguía como una sombra a donde fuéramos, nos convidaba cigarros, gaseosas en La Perlita :
 Sí, todos nosotros nos conocíamos desde antes de entrar al Leoncio Prado : veníamos del mismo barrio, casi todos habíamos ido al mismo colegio : así que fue natural que formáramos nuestro grupo : Pero con Karushansky era distinto : No era como nosotros : Estaba fuera de foco, en realidad no encajaba en el grupo :
 No, no : ¡qué va! : Nuestra collera no se parecía en nada al "Círculo" ese de la novela que usted menciona, novela, por lo demás plagada de mentiras, cosas inventadas para desprestigiar al colegio : No señor : entre nosotros no había ni malhechores ni degenerados : Un poco loquibambias, sí : ¿Palomillas? : También, pero muy distintos a los Jaguares y Boas que conformaban ese famoso

"Círculo", ¿no? :

Exacto : Porque nosotros ni nos robábamos copias de los exámenes, ni nos tirábamos a las gallinas en el estadio, ni nos metíamos a La Perlita para hacernos la paja : No señor : El colegio no era eso : Se llevaba una vida dura pero disciplinada : No era una vida de santos, pero tampoco se puede acusar al colegio de haber sido un infierno :

¿Nuestro grupo? : Se formó en Tercero, ni bien entramos : Siempre andábamos juntos a todos lados, nos protegíamos unos a otros : toda la sección nos tenía pica porque éramos bien unidos, como los mosqueteros ¿no? :

Así es : Y nadie se metía con nosotros : Al que se atrevía, le hacíamos cargamontón entre todos : Incluso Vega nos miraba con miedo... :

Bueno, miedo no tanto : Yo diría respeto : Ah, qué tiempos aquéllos... : Y no sólo en el colegio sino también en la calle : Los sábados nos los pasábamos de fiesta en fiesta, bailongos de rompe y raja, puros merengues, ¿se acuerdan? :

Claro, con Xavier Cugat y su orquesta : Me acuerdo que un año, para los carnavales, vinieron a Lima : Tocaron dos noches seguidas en el Regatas : ¡Nada menos que con la despampanante Abbe Lane! : ¡Qué mujer era ésa! : De voz, no gran cosa, pero ¡qué buen par de faroles que se mandaba la tipa! :

¡Y cómo bailaba la desgraciada! : No se imagina usted qué caderas : purita candela, el diablo bien metidito en el cuerpo : ¡Dios santo, cómo gozábamos en esas fiestas! : Y no tan sólo merengueando : también poníamos música suave, lentita, perfecta para el apriete, ¿no? : Y entonces sacábamos a bailar a nuestras hembritas, así, bien agarradas por la cintura, su metidita de pierna, su roce de labios en la mejilla, no las dejábamos ni respirar a las pobres... :

¿Karushansky? : No, parecía no interesarse mucho por esas cosas : Nosotros lo invitábamos, pero él nunca se aparecía por nuestras fiestas : Y después, en el colegio, puras excusas : No pude, hermanito, mi viejo estaba enfermo : O sucedía que justo ese mismo sábado de la fiesta, qué coincidencia ¿no?, había tenido que ir a la sinagoga, qué mala pata... : Y así un cuento detrás del otro :

Una sola vez se apareció en una fiesta del grupo, ¿se acuerdan? : ¿Y qué fue lo que hizo? : Nada : se comportó como un chuncho :

Exacto : ¿Acaso se consiguió un plancito? :

No : Y eso que hembras había como cancha... :

¿Y las sacó a bailar? :

No, tampoco :

Y cuando el judío se fue, ¿qué nos dijeron las chicas? :

¡Qué muchacho tan aburrido, tan seco!, ¿no? :

¿Y saben por qué? : Porque en nuestro ambiente el judío estaba fuera de foco, por eso : No era como nosotros : ¿Se acuerdan el terno que se puso para la fiesta? :

De tiempos de Matusalén : le quedaba ridículo, parecía un payaso : Lo mismo las veces que nos fuimos a México juntos : Se aparecía siempre de lo más huachafo, ¿no? : chompas y camisas de cholo... :

Sí, qué gusto más raro : Daba vergüenza : Con esa ropa uno no podía pasearse por San Isidro... :

Ni de locos : ¿Qué hubieran dicho las hembras? : Seguro que nos hubieran tirado piedras, ¿no es cierto? :

No, en el colegio todos llevábamos la misma ropa : botines negros, uniforme caqui y capote verde, de lana, para el invierno : El uniforme de salida era distinto : pantalón y casaca de paño añil, tres hileras de botones dorados en el pecho : galones, también dorados, sobre los hombros : bordaduras e insignias en las mangas : y por último, quepí blanco : Nos veían los alumnos de otros colegios por la calle y nos gritaban chocolateros : Claro que carcomidos por la envidia, ¿no? :

No, no se puede negar que era un uniforme bastante huachafo :

Pero servía para jalar hembritas :

Sí, eso es cierto, pero sólo a las de clase baja : porque a las miraflorinas y a las de San Isidro les daba risa : Por eso, fuera uniforme en cuanto llegábamos a la casa :

Claro, ahora nos causa risa, pero ¿se acuerdan al principio lo desesperados que andábamos por que nos dieran el bendito uniforme? :

Pero ese entusiasmo duró muy poco : porque después, salir a la calle uniformado incluso daba vergüenza :

Y pensar que había huevones que se lo ponían hasta para ir a fiestas : ¡qué brutos! ¿no? :

Sí, pero esos eran sólo los que vivían en Breña,

Lince, La Victoria :

¿A los amigos de Karushansky? : No, nunca llegamos a conocerlos, pero ganas no nos faltaban : Sobre todo a las amiguitas... :

Es que siempre se la pasaba hablando de las hembritas judías, lo ricas, lo sabrocitas que eran : Y nosotros ¿es cierto que tiran? : Se lo preguntábamos sin malicia, habíamos oído decir que a diferencia de las peruanas, las judías no eran tan cucufatas, que lo soltaban :

No, en persona, de cerca, no conocíamos a ninguna, pero de vez en cuando las veíamos por el barrio : siempre como en su propio mundo, impenetrable, secreto : ¿Cómo serán? era la pregunta que nos hacíamos por esa época :

El mismo Karushansky, con todo ese montón de cosas que nos contaba, tenía la culpa : En el verano, decía, chicos y chicas armaban un campamento cerca de Chosica : Dos o tres semanas solitos, sin la vigilancia de los viejos : ¿Y sabíamos lo que eso significaba? : Pues que todos cachaban como locos : En serio, eso era lo que decía :

De noche, según él, hacían guardia en parejas, un chico con una chica : Y mientras el campamento roncaba...bueno, ya podíamos imaginarnos el resto : Ahí el judío simplemente guiñaba un ojo, a buen entendedor pocas palabras... :

Y cada hembrita era más rica y más aventada que la otra : A nosotros, claro, se nos abría el apetito, queríamos conocerlas : ¿Y al campamento puede ir cualquiera?, le preguntamos un día : No, dijo Karushansky, para eso hay que ser judío : Entonces, hermanón, ¿cuándo haces una fiesta en tu casa y nos las presentas? : No dijo nada, evadió la pregunta : Y otra vez nosotros, ahora ya en son de joda, ¿tienes hermanas? : ¿No? : ¡qué lástima! : ¿Y primas? : ¿Sí? ¿cuántas? : ¿Y están buenas? : ¿Por qué no nos las presentas? : A ver, ¿cuándo es la fiesta? : Si invitaba a sus primas nosotros llevábamos a las nuestras, un trueque justo ¿no? : Y ahí era cuando el judío montaba en cólera : ¿Qué nos creíamos? : Sus primas no eran unas marocas : Y nosotros, cálmate, hermano, era una broma, lo apaciguábamos : Pero que tampoco fuera tan egoísta ¿no? porque nosotros siempre lo convidábamos a nuestras fiestas :

Una vez quedó en invitarnos a lo de su confirmación : Primero había que reunirse en la sinagoga para la ceremonia, dijo, y después a bailar de lo lindo en el Bolívar : Va a estar lleno de puras hembras judías, dijo, las que quisiéramos : Pero a la hora de los loros no pasó nada : Pasaban las semanas y el judío haciéndose el sonso, hasta que al final, un día, nos sale con que ya le habían hecho la fiesta : ¿Y cómo fue que no nos avisaste? : ¡qué falla! : Y él, no se pudo, la fiesta me la hicieron en las vacaciones, que lo sentía mucho pero ni siquiera sabía dónde vivíamos, será para la próxima... : Siempre era para la próxima :

¿Por qué no nos invitó? : ¡Quién sabe! : Mire, a lo mejor fue cosa de su viejo, que, no siendo nosotros judíos, no quiso invitarnos : Sí, a lo mejor fue eso : porque nunca se sabe, ¿no? :

¿Lo de la expulsión? : Eso fue casi a finales de año : No, no sabemos exactamente lo que pasó : Bueno, hubo rumores, que los chaparon a él y a Aranzani en la cuadra, tirando... :

Parece que los agarró Cañabrava, después del almuerzo, cuando ya todos estábamos en las aulas : Algo debe haber sospechado porque se los llevó a la enfermería, a examinarlos : ¡Cojudo el judío! : Miren que quedarse en la cuadra estando Montenegro de turno, ¿no? :

Sí, a ése no se le pasaba una sola : Un desgraciado : el día que Cañabrava andaba de turno había que portarse bien reglamento : los botines bien lustraditos, que no le faltara un solo botón al capote, cuidadito con tener desajustado el nudo de la corbata : Hacía sonar su silbato y entonces todos a correr como locos : Un minuto para que todo el Año estuviese formado : y mucha atención con estarse moviendo en la fila como putas arrechas : Al que se movía, pun, le clavaba su papeleta en el acto : castigado sábado y domingo y que nos fuéramos a quejar al Papa : Sí, eso mismo decía :

La verdad no sabemos qué hubo de cierto en todo eso de la expulsión : Karushansky volvió ese día de la enfermería y no dijo nada : Aranzani tampoco : Pero desaparecieron como a la semana, sin siquiera llevarse sus cosas : Después, una tarde, todo el Año formado en la Pista de Desfile, pasaron el parte : Todo lo que dijeron fue que Karushansky y Aranzani se habían dado de baja :

No, al judío no volvimos a verlo : Fue como si se lo hubiese tragado la tierra, ¿no? :

Sí, se desapareció del mapa... :

# CINCO

: Sí señores : ¡Que siga la bola! :
Despeje largo de Gilmar sobre el medio campo : Ahí controla Berkowitz sobre la marcación de Benítez : Retrasa para Vavá : Pelota en dirección de Pelé : El señor Karushansky desmarcándose por el centro : por el centro de Lima mi vieja Lima : todos los días, con fervor religioso, rumbo a su tienda : todos los días de sol a luna y de luna a sol puede vérsele detrás del mostrador : midiendo : cortando : vendiendo telas : porque ése es su mundo : ¡la tienda! : Pero ya no la tienda beduina de antaño : formada con palos hincados en tierra, movible, cubierta con pieles para protegerse del sol : No : el mundo de don Yehuda es una tienda estable : sita en el Mercado Central : en pleno corazón de una Lima que aún conserva el garbo altivo de los virreyes : Y en su diario peregrinaje don Yehuda se siente transportado a Tierra Santa : A Acre : tragado por las laberínticas calles de su mercado árabe : arcos y rejas : mercaderes sentados en el umbral de sus tiendas : encantadores de serpientes :

árabes sentados cual indios peruanos empozando el tiempo en sus ojos : Sí, señores : la Lima de antaño : en la cual don Yehuda Karushansky, por más que prometa insistentemente irse a vivir para siempre en kibbutz, será enterrado : TOME INKA KOLA Y VISITE DIARIAMENTE, GRATIS, DE LUNA A SOL, EL MUSEO DE LA INQUISICION :

El balón continúa en poder de Brasil : Pelé manda centro sobre el arco peruano y despeja Delgado de cabeza : Recupera nuevamente Brasil por mediación de Didí : Zito, como siempre, proyectado por el sector derecho : Abriendo ahora Didí : Pelota comprometida : Sale a cortar Joe Calderón, pero ahí la tiene Zito : Acompañando muy bien Vavá : que ahora recibe el esférico y entrega rápidamente para Pelé : que manda potentísimo cañonazo sobre el arco peruano : Pero ahí está la ubicación perfecta del negro Zegarra que abraza esa pelota como una araña : Aplausos y vivas desde las cuatro tribunas del estadio en el cual esta tarde no cabe un solo alfiler : ¡Ambiente de fiesta en el José Díaz!, donde toda la afición peruana se ha congregado para festejar la popular fiesta de Pesaj : Esclavos fuimos en Egipto, dice el rabino y luego se sienta con una sonrisa :

Zegarra entrega con la mano, largo, para Joya en la punta derecha : Cruza para Terry : Este para Marquitos a la altura de la media luna : Marcación hombre a hombre por parte del elenco brasileño : Cañabrava marca a Seminario : Berkowitz a Vides Mosquera : El doctor Márquez a Terry : El rabino a

oficiados en la nueva y flamante sinagoga de la avenida Brasil

Marquitos : que lo elude hábilmente y saca potente disparo tratando de sorprender al arquero : Pero su señora madre detiene con suma tranquilidad : Sin embargo, estamos seguros que no se quedarán así las cosas : Todos vuelven al lugar donde nacieron y Marquitos volverá a disparar sobre su mamá : Sabemos que en largo viaje por la historia, Marquitos regresará a su pueblo : Y, en efecto, ahí lo vemos llegando casi a la altura de su casa, marcado muy de cerca por el padre Camacho : que le comete falta :

Cobra la falta Didí : Entrega para el rabino Goldstein : Pero éste pierde la pelota frente a la marcación de Marquitos : que entra en las 18 yardas del pueblo : Sale a hacerse del esférico su mamá : Marquitos le pica la pelota por encima de la cabeza y gol : ¡Gooooool peruano! : ¡Precioso gol de Marquitos dejando completamente descolocado al guardapiolas brasileño! : Su mamá le dio el hueco y Marquitos fácilmente le introdujo el balón por el ángulo izquierdo : ¡El público vibrando de emoción! : Flameando las banderas por todos lados : Sí señores : Hay que saber disparar : porque siempre está latente, dice el Coronel Director del Colegio Militar, una guerra con Chile : con Ecuador : o Colombia, ¡qué más da! : 3 a 3 el score : Pero no puede contentarse el Perú con el empate ni con que le quiten Arica : Ahora debe lanzarse el Perú en pos de la victoria : ¡A recuperar Palestina para gloria de todo nuestro pueblo! : Tiempo hay de sobra : Se juegan apenas 25 minutos de la segunda etapa :

Balón en poder de Brasil : Avanza Pelé por el

: Fue descubierto en Jerusalem monumento a las víctimas del

sector izquierdo : Da para el viejo Karushansky : Ahí rechaza bien Fleming sobre el medio campo : Recoge Benítez : Adelanta para Seminario : Le devuelve el esférico : Esta vez sobre Vides Mosquera : Pase por alto para Marquitos : Buena arrancada de Marquitos perseguido por el rabino Goldstein : Zancadilla de Goldstein por atrás en perjuicio de Marquitos que cae rodando por el terreno de la historia : Confusa, entreverada historia en la que se hunde el muchacho : Sale Abraham de la ciudad de Ur, seguido muy de cerca, al acecho, por Manko Kapac y su mujer Mama Ocllo : Terreno accidentado : punas, desiertos : Se aparece Adonái y, con voz de trueno, le dice : "A tu descendencia daré yo estas tierras" : Y es así que el sol, padre de los Incas, viendo que los hombres vivían como bestias, se apiada y manda a Manko Kapac para salvarlos : Llega con su mujer al cerro Huanacaure, cerca del Cuzco, y allí hinca en tierra la barreta de oro y se funda el Imperio : "Mira al cielo y cuenta, si puedes, las estrellas : así de numerosa será vuestra descendencia" : Manko Kapac se apodera de las tierras de los sahuasiray y de los alcahuisas y Adonái se le aparece y le dice : "Este es mi pacto : circuncidad todo varón : circuncidad la carne de vuestro prepucio y esa será la señal de mi pacto entre mí y vosotros : A los ocho días de nacido todo varón será circuncidado en vuestra descendencia, ya sea el nacido en casa o comprado por plata a algún extranjero, que no sea de tu estirpe" : Pelota en poder del equipo peruano y confusión en el terreno de juego : Marquitos emba-

nazismo : El embajador de Israel en el Perú felicita a la colecti rullado con el esférico : A ver, ¡los catorce incas! : Antes, señoras y señores, se los sabía de paporreta, pero ahora vemos que se atasca en el séptimo : ¿Cuál es? : ¿Pachacútec? : ¿Túpac Yupanki? : Pero fíjense ustedes que con los profetas y reyes judíos no tiene problemas : Se los sabe toditos : Igual que las doce tribus desde Rubén a Benjamín : ¡Qué vergüenza, Dios mío! :

El teniente Montenegro no cobra la falta y deja que siga la bola : Marquitos, caído sobre el pasto, intenta ponerse de pie : tambaleante, da unos pasos en dirección al esférico : y nuevamente se deja caer sobre el césped : ¡Fúnebre silencio en el estadio! : La muerte rondando a Marquitos : Mas no te preocupes : No morirás en tu tierra : la muerte que te aguarda es otra : Gran diferencia entre morir a la Trumpeldor y a la Leoncio Prado, ¿verdad? : Ahora nuestras cámaras se trasladan veloces a Huánuco para asistir a la muerte del héroe peruano, patrono de nuestro colegio : Dos toquecitos en la taza de café y entonces disparan : pun, pun, muerto Leoncio Prado : en olor de santidad, a mano de los chilenos : TOME SOL DE ICA : EL PISCO QUE ALEGRA EL ESPIRITU Y LEVANTA EL CORAZON :

Ahí vemos que Marquitos, víctima de traidora lesión, se retuerce de dolor en la enfermería del colegio : El médico de turno se coloca los guantes : Montenegro le ordena posición ángulo recto : Bajarse el pantalón y posición ángulo recto : Los altoparlantes del estadio anuncian el ingreso de Tito Drago en reemplazo del muchacho : Suerte

vidad por el año nuevo hebreo 5720 : La fábrica de Confeccio

perra para el Perú : El árbitro indica que se reanuden las acciones mientras desde la planta baja nos anuncian que Marquitos está siendo atendido de urgencia en el dispensario : A su lado el cadete Aranzani, lindo con su carita de Sandra Dee : Larguirucho, bigotito a la Clark Gable, el teniente Montenegro le informa al médico de turno :

—Estos cadetes han estado tirando en las cuadras de Quinto Año :

Le ordenan a Marquitos desnudarse : sentarse en una bacinica : Cosa que no se puede permitir, amigos aficionados, porque ¿quién no sabe que Marquitos no puede encalatarse delante de sus amigos? : ni peruanos ni judíos : Lo que hace es esconderse detrás de los arbustos : ¡Vale más pájaro en mano que cien volando! : Y todo judío que se precie de serlo debe ir a la majané : Todo judío de la diáspora tiene la obligación de acercarse a la tierra : ¡Si no al kibbutz, al menos a la majané del Betar! : El árbitro da la orden de cambiarse y Marquitos se esconde detrás de la carpa : No va a permitir, bajo ningún motivo, que le vean el pájaro : Le ha jugado una mala pasada el destino y no ha podido realizarse su sueño : sacarse la pinga delante de sus amigos y mostrarles que también él es judío : tan judío como ellos : Porque ¿cómo va a hacerlo sin que sus amigos se revuelquen de la risa? —Parece un pedazo de cuero de vaca—le dice el doctor Berkowitz con una sonrisa burlona, maléfica : refiriéndose al enorme y estrellado lunar carmelita que le recubre el glande : Sí señores : ¡la mancha mongólica! : ¡prueba de su indiscutible peruani-

nes Manfir S.A. ha inaugurado su nuevo y amplio edificio : It

dad! : Y TOME INKA KOLA : LA BEBIDA DE MARCA NACIONAL :

Con los brazos atravesados sobre el pecho, Cañabrava no lo pierde de vista : Puja Marquitos apretando fuertemente los puños : Dolorosa escena para el cuadro peruano que nuevamente se ve sin los servicios de Marquitos :

—Acabe de evacuar que van a examinarle el culo—dice Montenegro :

Vides en posesión del esférico : Entrega para Tito Drago : Tito entrando en las 18 : Con posibilidades para tirar : Pero inexplicablemente bota la pelota fuera de la cancha y el árbitro indica tiro de meta para Brasil : Balón en dirección de Pelé : 3 a 3 el marcador : Pelota sobre el área peruana : Se eleva el señor Karushansky : cabecea : y Zegarra desvía apresuradamente al córner : Lo hace efectivo, con pie cambiado, el rabino Goldstein a media altura : Intenta despejar Delgado : Falla y la pelota se queda picando sobre el área chica : Entrevero en la defensa peruana : Finalmente rechaza desesperado Soria y el juez de línea sanciona lateral para Brasil : ¡Otra vez desorganizado el equipo peruano! : Jugando sin ton ni son : Preocupación en el rostro del técnico Muñoz que no se explica con qué derecho, por qué, el profesor Refugio Cuevas ordena que lleven a Marquitos al Departamento Psicopedagógico del León Pinelo :

—Lo que pasa—dice nuestro comentarista Cuevas : es que Marquitos está atentando contra la moral de nuestro colegio : Molesta a las chicas : les manosea el poto : las tetitas : Y eso no lo

159

zjak Ben Zvi cumplió 75 años de edad : Golda Meir firma el tr

podemos permitir :

¿Es por eso que don Yehuda lo saca del partido para meterlo al Leoncio Prado? : He aquí la pregunta, en momentos en que el Perú debe lanzarse por todos los medios en pos de la victoria : Ahora don Yehuda hace su ingreso en el camarín y dispara en primera sobre Marquitos :

—Ahora vamos a vivir en pensión cerca de la tienda : Tú te vas colegio interno : Te voy a poner en Leoncio Prado : Es colegio bueno : ahí vas tener de todo :

Tiro que choca contra el pecho de Marquitos y sale desviado : Lateral para Brasil : Recibe Didí : Descontando a su marcador a base de velocidad : Cortita para Vavá : Garrincha busca desplazarse por el ala derecha : Se cierra la defensa peruana de Norte a Sur : Colocado frente a la portería, el señor Karushansky remata de cabeza y el balón pega contra el parante izquierdo volviendo al campo : ¡Mal el equipo peruano sin Marquitos! : ¡Ay, quién pudiera volver a la época de los íntimos de La Victoria : del pueblo del Alianza Lima! : El famoso Rodillo Negro : a los tiempos de Magallanes, Manguera Villanueva y José María Lavalle : ¡Los tres Reyes Magos del Alianza : Gunn, Rapaport y Rajman! : que ahora, en momentos en que comienza a declinar el sol sobre nuestro estadio, llegan al pueblo de Marquitos portando regalos : Entre ellos, luminosa estrella de seis puntas : Ceremoniosamente, Gunn coloca la cadena en torno al cuello del muchacho :

—Ahora eres uno de los nuestros—sentencia con

atado modus-vivendi comercial entre el Perú e Israel : Veinte

voz tenebrosa :

—Nunca te la quites—agrega Samuelito :

Pero, amigos aficionados, al día siguiente cadena y estrella van a dar al fondo de la acequia y por la noche Marquitos sueña que tres gitanos de ojos flamígeros se aparecen al pie de su cama para pedirle cuentas : Ante nuestros micrófonos, el médico de turno doctor Belisario Márquez con sus comentarios sobre la lesión sufrida por Marquitos :

—Sin previo examen riguroso, sería prematuro diagnosticar el estado de la lesión :

Podemos adelantar, sin embargo, que acusa cierta gravedad : Hay señales de dilatación en los músculos y se nota una leve irregularidad en el tejido conductor :

Lo mismo puede decirse respecto de las condiciones físicas del cadete Aranzani, si bien en éste la dilatación del recto es mucho más evidente : más clara :

Amigos aficionados : Ya podemos otra vez respirar con tranquilidad : No nos cabe la menor duda de que en cualquier instante Marquitos hará su reaparición en este crucial encuentro : Efectivamente, ahí vemos que el teniente Montenegro detiene las acciones y ordena que Marquitos ingrese al campo : ¡Sale Tito Drago y entra Marquitos Karushansky Avila! : Las banderas peruanas flameando por todos lados : Ahora va a cobrarse el tiro libre favorable a Brasil : Pelota sobre el rabino : Pica demasiado y el lateral favorece al Perú : Buena arrancada de Joya por la derecha : Por el centro Terry y Marquitos : Se va colo-

diputados, un senador y tres periodistas del Perú invitados po

cando también Vides Mosquera : Balón sobre Marquitos que se resbala : Marcado muy de cerca por el trío defensivo Berkowitz-Goldstein-Karushansky : Cubriendo bien el esférico con el cuerpo : Se recupera : Se deshace con suma habilidad de sus tres adversarios y se dispone a tirar : Tira y el balón sale besando el palo : Pelota, señoras y señores, que traía malas noticias para la madre de Marquitos : Su hijo se está muriendo STOP : Grave infección causada por el gonococo de Neisser STOP : Lo van a circuncidar STOP : Le van a hacer la Bar Mitzvah STOP : Está a punto de ser expulsado del Colegio Militar Leoncio Prado STOP : A punto de que lo manden, con maletas y todo, a Israel STOP :

El referí detiene las acciones y cobra tiro libre que favorece al Perú : Recibe bien ubicado Marquitos : que remata de izquierda dejando colgado el grito de gol en las tribunas : ¡Seguro que ya no tarda en romperse el empate! : ¡Vamos, muchachos, a la victoria unidos! : Que le pasen la pelota a Marquitos : Que se meta con pelota y todo al arco brasileño defendido fieramente por su mamá : ¡Foul cometido por Marquitos contra Pelé! : El teniente Montenegro cobra la falta : Se adelanta el Coronel Director del colegio para hacer efectivo el tiro : Le arranca las insignias del uniforme a Marquitos : De dos pitazos lo van a expulsar del partido : Su padre se le va a morir de vergüenza : Señor Yehuda Karushansky : natural de Besarabia : llegado maleta al hombro a este Perú de sierras hermosas, cumbres nevadas, lindas quebradas ¡es mi Perú! :

r Nasser a visitar Egipto : Geólogo israelí da esperanzas para r

Sin embargo, es imposible que expulsen a Marquitos antes del pitazo final de este partido : por más que esté a punto de zarpar el barco y ya aliste su señor padre el pañuelo : Antes, Marquitos nos salvará de la derrota : Salvaguardará el honor nacional del mismo e incomparable modo que lo hiciera frente al Uruguay anotando dos vaciadas primorosas en los níveos muslos de la Manón : Y ahí vemos que aprovechando un descuido de la defensa carioca, Marquitos se introduce subrepticiamente ¿en el cuarto de la Manón? : ¿de su primita Raquel? : ¿del cadete Aranzani? : No señores : las acciones se dan al revés : Es Shoshana, virginal ñusta hebrea, la que ingresa, muy entrada la noche, en el cuarto de Marcos : Silencio en las graderías : Se llena el estadio de sombras : Y he aquí que Shoshana, con voz empapada de pudor, le pide, le ruega que no sea malo : que la deje ver su miembro circunciso : el cual luce mongólica estrella : Marcos le ordena a la muchacha que salga del campo : Intenta sacarla a la fuerza : Shoshana se le aferra del brazo : forcejean : Marcos no logra zafarse : deja de jalonear : Shoshana se niega a soltarlo : Sus mejillas se han incendiado : Hay en sus labios una sonrisa apacible : en sus ojos un fulgor cálido, intenso : En eso Marcos se siente jalado hacia ella y se rozan sus cuerpos : se le desata al muchacho un cosquilleo en la boca del estómago : Ella le acerca sus labios y Marcos siente un aliento tibio en el rostro y en el pecho los senos, diminutos, puntiagudos, de la muchacha agitados debajo de su blusa : El afloja los músculos y ella vuelve a besarlo, entreabriendo los labios, moviendo su lengua en redondo, caliente, espumosa : Y de pronto se juntan sus bocas : él se siente absorbido y se deja arrastrar hacia adentro, girando sin término como en un vacío sin fondo : Ya está encaramado sobre ella, recorriendo con las manos su cuerpo, bajándole la falda, ya aparece su vientre desnudo, luego el calzón, ya aparece su mata encrespada, y ahí están sus manos atolondradas rodeando la cintura de la muchacha, palpando sus muslos, y de nuevo vuelven a fundirse sus bocas en un mismo aliento, cada vez más dificultoso, anhelante : ¡Llevando bien la pelota Marquitos! : Miren cómo avanza, alzando cabeza, quitándose el pantalón, la camisa : Ahora quedan bien acoplados sus cuerpos : Se enganchan en jugada peligrosa : su miembro erecto aguijoneando insistentemente la defensa de Shoshana : su pubis esponjoso, húmedo : Sigue avanzando Marquitos a la altura de la media cancha : Se hunde en el cuerpo de la muchacha : agua que se agita flojamente, tibia, pegajosa : Forcejeo frenético en las 18 yardas : Siguen enganchados los cuerpos, oscilando en torno a idéntico eje : El la refriega y apretuja con fuerza, poseído por un deseo confuso que a ratos se convierte en rabia, como si le entrara un furor urgente de vengarse : ¿vengarse? : ¿de qué? : ¿de quién? : No lo sabe : Recuerdos deshilachados fluyen por su mente, entrecruzándose, impidiéndole precisar el blanco de su venganza : Y el árbitro, naturalmente, cobra la falta en perjuicio de la madre de Marquitos en valerosa salida contra la violenta arremetida de su hijo :

atía por Medinat Israel : Se efectúa homenaje de despedida al

Sí señores : ¡como la mujer judía no hay otra! : Y ahí para probarlo hace su ingreso triunfal a nuestro estadio la bellísima Gladys Zender, recién coronada, en Palm Beach, Miss Universo : primera y única en ostentar este galardón a todo lo largo de nuestra historia patria, para mayor gloria del Perú y del milenario pueblo israelita : Y ahora, nueva Santa Rosa de Lima por gracia de Adonái, Gladys hace su ingreso en colonial carroza digna de una reina, para efectuar alegre vuelta olímpica entre el aplauso del público y una nutrida garúa de claveles y gardenias : ¡Viva el Perú y viva el pueblo israelita! :

Continúan las acciones : ¡Perú a la carga! : Avanza Marquitos con la pelota : Se interpone el doctor Berkowitz blandiendo una jeringa : Marquitos retrocede para Fleming que está jugando adelantado : Balón hacia el lado izquierdo del terreno : Comienza a ocultarse el sol de Lima : Luz es lo que falta en este estadio ahora que la noche cubre ya con su negro crespón la cancha y se juegan ya las postrimerías del encuentro : Es Vides el que maniobra la pelota en campo brasileño : ¡Hágase la luz! anuncian los altoparlantes del estadio : ¡Y se hace la luz! : Balón otra vez para Seminario : Lo traban desde atrás y le cometen falta : El juez castiga tiro libre para Perú : NO DIGA CERVEZA : DIGA CRISTAL : LA CAMPEONA DE LAS CERVEZAS :

Balón en profundidad para Marquitos : Ya llega a Tierra Santa : Ya despuntan, como un abecedario, las luces de Haifa : Todo el equipo peruano volcado al ataque : 42 minutos de juego de la segunda etapa : Ahora el árbitro castiga falta de Marquitos contra su papá : ¡Injustificado el juicio del referí que dirige el cotejo! : El teniente Montenegro amonestando a Marquitos : Sobrecogido por el miedo el entreala peruano que busca escaparse por la izquierda : ¡Hay que marcar otro gol! : ¡Romper el empate a toda costa! : Por eso, teniente, no le pida que se coloque en posición ángulo recto : Doctor, no le examine el ano : Al menos espere que se cumpla el tiempo reglamentario y que el Perú consiga la victoria : No, señor : órdenes del teniente Montenegro : Marquitos recupera el esférico : Un minuto exacto para que termine el partido : El teniente a punto de pasarle parte al Coronel : Avanza Marquitos con la de cuero : Su señora madre bien colocada en el arco : Su señor padre levanta su pañuelo : Ya está Marquitos dentro de las 18 yardas en terreno extranjero : Se prepara para tirar : cuando señoras y señores, consultando su reloj, el teniente Montenegro se dispone a tocar su silbato para dar por finalizado el encuentro... :

Israel : Se celebra en el Country Club boda Weisman-Furman

## *Epílogo que puede servir de prólogo*

Esa semana había fallecido en Israel el presidente Jaim Weizmann. De inmediato, embargada de luto toda la judería limeña, se celebran actos conmemorativos a vuelta de esquina. El primero tiene como escenario el colegio León Pinelo, que aún ocupa por entonces su viejo local en Húsares de Junín. La noche siguiente el acto se traslada a la sinagoga de la calle Iquique, sede también del Betar, uno de dos clubes de jóvenes sionistas (el otro era el Hanoar), cuya mayoría, sobre todo los más chicos, ignora su filiación ideológica con el Jerut, partido israelí cuyo lema proclamaba una patria judía a ambas márgenes del Jordán.

Todo esto sucedía a comienzos de los años cincuenta, antes de construirse la sinagoga de la Brasil y pasara el León Pinelo a su flamante local de Orrantia del Mar. El antiguo León Pinelo sería cedido luego al Hanoar y la sinagoga de Iquique al Betar, salvo parte del piso superior, destinada ahora a albergar el rezo vespertino de los diez a doce gatos que allí acostumbraban darse cita.

: Se inauguró una exposición de reliquias peruanas, entre las q

Esa misma semana de la muerte de Weizmann, Marquitos Karushansky llegó a Lima. Dejaba detrás una infancia pobre pero feliz. En la casa de sus abuelos, donde once hijos compartían apiñados dos pequeños cuartos y no obstante a nadie resultaba extraño que la sala jamás hubiese sido amoblada ni ocupada por miembro alguno de la familia, se vivía, por culpa del abuelo, una pobreza fruto de la avaricia. Dedicado a la buhonería y a la usura, haciendo una virtud de la mezquindad, el viejo no mantenía con la casa sino un contacto incidental. Su verdadera vida, del alba al anochecer, excepto por sus fugaces retornos de abastecimiento a casa, discurría en la calle, donde se le veía a diario desplazándose mercadería bajo el brazo de puerta en puerta o negociando ubicuamente en las esquinas. Pero a la hora de la comida se aparecía religiosamente por casa a presidir la mesa. Y no se comía hasta que, sentado a la cabecera, otorgaba su venia, único signo de autoridad que durante toda su vida impuso en la familia. Además, con ello cobraba cierta corporeidad, que sólo duraba lo que el transcurso de la cena porque en cuanto abandonaba la mesa volvía a su condición de sombra.

En el ámbito de la casa únicamente su nieto lo conocía bajo otra luz. Verlo en la habitación del fondo apilando monedas, era una imagen que Marquitos jamás habría de olvidar. Acabada la cena, el abuelo pasaba a ese cuarto donde guardaba su caja fuerte, desparramaba las ganancias del día sobre la mesa, y a la lumbre de una vela sacaba sus cuentas. A los billetes parecía no darles demasiada importancia: anotaba la suma en un cuaderno arrugado, los fajaba con una liga y los metía en la caja. De ésta sacaba un talego de cuero cuyo contenido volcaba luego de a poco, con regodeo infinito, sobre la mesa. Cuando el chorro de monedas moría, ágiles y huesudos sus dedos se ponían a la obra : aquí y allá iban brotando como por arte de magia los montoncitos. Los contaba, derrumbaba y volvía a edificar. En esos momentos—y fue ésa la imagen que retendría del abuelo—, Marquitos lo veía transformarse, adquirir una presencia incluso más sólida que cuando se sentaba con aire autoritario a la mesa.

Sucedía que al abrirle las puertas de su mundo secreto, el abuelo lo hacía cómplice no sólo de su avaricia sino también de su soledad. Además, como el nieto provenía de padre judío, es posible que el viejo creyera haber hallado en él un aliado, alguien capaz de apreciar, aunque sólo fuera por instinto, su pasión por la plata. No tenía la misma convicción respecto de su mujer ni sus hijos. De éstos, incluso los más pequeños, no guardaba ninguna esperanza y mantenía con ellos un trato recíproco: convivían la mayor parte del tiempo en absoluta invisibilidad. Y sólo con su muerte (que coincidiría con la partida de Marcos a Israel, en 1962), sus hijos lograron verlo de cuerpo entero en la casa. El día del entierro—casi puede decirse que en desahogo tardío de una rabia de años—, ni uno solo de ellos acompañó el cadáver del viejo al cementerio. Ese mismo día, una mano anónima remacharía su lápida con cáustico pero bien ganado epitafio: "El mundo lo concibió como una moneda: redondo".

Semanas antes de la muerte del abuelo, Marcos se apareció por el pueblo. Transcurridos desde su partida diez años, volvía a la vez que para despedirse de su madre, con un curioso encargo. Este provenía de su padre: debía presentarse en casa del cura (con quien el viejo Karushansky había sido grandes amigos), pedirle un cajón de paltas y llevárselo de regreso a Lima: "Siguiendo la acequia llegas en diez o quince minutos. Y si esperas hasta baje el sol, puedes caminar a la sombra de los eucaliptos".

Después de casi veinte años de ausencia, su padre recordaba que en el huerto del cura crecían las mejores paltas de la región: "Son unas verdaderas joyitas. No tienen igual en treinta o cuarenta kilómetros a la redonda. Si te las ofrece gratis, aceptas y le das las gracias; si no, se las pagas. Aquí tienes la plata".

Marcos fue a verlo. Jubilado desde hacía unos años, vivía con una hermana solterona en las afueras del pueblo, camino al antiguo frigorífico. Había sido el párroco de su infancia, pero Marcos no lo reconoció. Coronado por una tupida melena blanca, y desplomado en su vieja sotana sobre una mecedora cuyo respaldo semejaba el tajamar de una barca, el cura parecía flotar en la penumbra del cuarto. Había perdido casi por completo la vista e igual de nublada tenía la memoria.

—¿Cómo dices que se llamaba tu padre?

s, cada una con un pedazo de cuero colocado como parche de

Era la cuarta o quinta vez que le hacía la misma pregunta.

—Karushansky. Don Yehuda Karushansky.

El nombre le sonaba conocido, pero no podía precisarlo.

—¿Un señor alto él, colorado, robusto, que trabajaba para el ingenio Las Cruces y tenía su casa en la calle Arequipa?

Marcos dijo que no.

—Entonces el dueño de la peluquería. Esa que estaba en la Plaza de Armas y que se incendió.

—No. Ese tampoco—dijo el muchacho.

—¡Entonces tiene que ser el húngaro ése que encontraron apuñalado al pie de la acequia! Claro, dejó regada una sarta de hijos...

Pero Marcos dijo nuevamente que no. Y antes de que pudiera agregar otra cosa, el cura interpuso:

—¡Shhh! No me lo digas que ya me estoy acordando.

Y se hundió aún más en la mecedora: el ceño fruncido, como esforzándose por ovillar sus recuerdos. Y para no ahuyentarlos, guardó esa postura un buen rato, tieso, aguantando la respiración. Hasta que al fin alzó la cabeza y clavó sus ojos blancuzcos en los de Marcos. El muchacho se sobresaltó. Desvió la mirada. Las paredes reflejaban los últimos hilos del sol de la tarde. Sintió resbalársele por la espalda un sudor pegajoso, como con algo de patas de araña. Y en eso oyó, como si viniera de lejos, la voz del cura. Como el rumor de la acequia. Como si estuviera rezando. Pero no lo miró. Y así, sin mirar nada, a tientas,

tambor. Del centro de este parche sale un cordón de algodón r

abandonó la casa. Y sólo después, cuando entró en el pueblo, se acordó de las paltas. No se las había mencionado al padre Camacho, porque de ese famoso huerto que con tintes edénicos recordaba su padre, no quedaba ni la sombra.